Akte X Novels

Die unheimlichen Fälle des FBI ™

Der Wunderheiler

Terry Bisson

AKTE X

DIE UNHEIMLICHEN FÄLLE DES FBI

Der Wunderheiler

Roman

auf Basis der gleichnamigen Fernsehserie
von Chris Carter, nach einem Drehbuch
von Howard Gordon und Chris Carter

Aus dem Amerikanischen von
Winfried Czech

vgs

Erstveröffentlichung bei:
HarperTrophy – A Division of HarperCollins Publishers, New York
Titel der amerikanischen Originalausgabe:
The X-Files – Miracle Man

Die Deutsche Bibliothek – CIP-Einheitsaufnahme

Akte X Novels – die unheimlichen Fälle des FBI. – Köln : vgs
Bd. 16. Der Wunderheiler : Roman / Terry Bisson. Aus dem Amerikan. von
Winfried Czech. – 1. Aufl. – 1999
ISBN 3-8025-2598-1

1. Auflage 1999

Coverdesign: Cliff Nielson
Umschlaggestaltung der deutschen Ausgabe:
Papen Werbeagentur, Köln

Satz: ICS Communikations-Service GmbH, Bergisch Gladbach
Druck: Clausen & Bosse, Leck
Printed in Germany
ISBN 3-8025-2598-1

Prolog

Kenwood, Tennessee, hatte schon seit Jahrzehnten keinen solchen Trubel mehr erlebt. Nicht mehr, seit Elvis die kleine Stadt vor mehr als dreißig Jahren in seinem rosafarbenen Cadillac durchquert hatte.

Elvis hatte es geschafft.

Dieser neuere Caddy nicht.

Er war mit hoher Geschwindigkeit einem anderen Wagen ausgewichen und hatte dabei einen Lieferwagen gestreift. Danach hatte er einen Telefonmast gerammt und war schließlich in Flammen aufgegangen.

Jetzt war Kenwoods gewöhnlich schläfrige Hauptstraße mit Glassplittern und verbogenen Metallfetzen übersät. Fünf Löschzüge, Streifenwagen und Ambulanzfahrzeuge blockierten die Straße, während Polizisten die Menge der Schaulustigen zurückdrängten, die der Unfall aus den Häusern und Nachtcafés gelockt hatte.

Eine Feuerfontäne erhellte die Dunkelheit, als der Tank des Cadillacs explodierte.

Die Menschenmenge wich entsetzt zurück. „Der Fahrer! Der Fahrer ist noch im Auto!“ gellte eine Stimme.

Nachdem die riesige Stichflamme verglüht war, schoben sich die Schaulustigen erneut näher heran. Sofort bildeten die Polizisten einen hermetischen Kordon und ließen nur zwei Feuerwehrmänner passieren, die mit einer Kettensäge und einem hydraulischen Metallschneider herbeieilten, gefolgt von zwei Sanitätern mit einer Trage.

Nach wenigen Augenblicken präziser Arbeit mit der Metallsäge sprang die Wagentür mit einem häßlichen Geräusch auf – und die Befürchtungen der Retter erfüllten sich: Der Fahrer, den die Sanitäter aus dem Wrack herauszogen, war bis zur Unkenntlichkeit verstümmelt.

Die Männer wandten sich kopfschüttelnd ab. Niemand machte sich die Mühe, nach einem Puls zu suchen. Mit routinierten Bewegungen hüllte ein zurückbleibender Sanitäter den Toten in einen schwarzen Plastiksack.

Während die Menge das Geschehen in gebanntem Schweigen verfolgte, drängten sich ein Mann mittleren Alters und ein etwa zehnjähriger Junge durch die Reihen der Zuschauer.

„Es ist dieser Wanderprediger“, flüsterte eine Frau ihrer Nachbarin zu.

„Entschuldigen Sie“, murmelte der Mann. „Lassen Sie uns durch, bitte, danke ...“

Die Menschenmenge teilte sich vor ihm wie das Rote Meer vor Moses. Kenwood lag in einer Gegend der USA, in der Prediger noch respektiert wurden.

Während dessen manövrierten die Sanitäter die Bahre mit dem Leichensack auf einen der wartenden Krankenwagen zu.

Doch der Einsatzleiter der Feuerwehr hielt sie auf. „Was um alles in der Welt machen Sie da?“

„Wir haben hier einen Toten . . .“

Unwirsch deutete der Feuerwehrmann auf den Lieferwagen, der eingebeult am Bordstein der gegenüberliegenden Straßenseite stand: Einer der Insassen übergab sich auf das Straßenpflaster, eine Frau lag auf der Fahrbahn und schnappte keuchend nach Luft.

„Da drüben ist eine Frau, die noch nicht tot ist“, knurrte der Brandmeister. „Und sie braucht dringend Sauerstoff.“

„Ja, Sir.“

Die Sanitäter ließen die Bahre auf der Straße stehen und eilten zu dem Lieferwagen hinüber.

„Mehr Wasser! Hierher!“

Da der Einsatzleiter seine Leute dirigierte, die die letzten Flammen im Inneren des Cadillacs löschten, konnte er nicht bemerken, daß sich der Prediger und der Junge energisch durch die Absperrkette der Polizisten drängten und an die Rolltrage traten.

Der Prediger zog den Reißverschluß des Leichensacks auf.

Das verkohlte Ding in der Plastikhülle hatte kein menschliches Gesicht mehr – es war nur noch ein schwarzes stinkendes Stück Fleisch. Instinktiv würgte der Mann die aufsteigende Übelkeit hinunter und wandte sich ab.

Dem Jungen dagegen schien der Anblick nichts auszumachen. Er griff in den Leichensack und legte eine Hand auf die Stirn der verbrannten Gestalt. Dann schloß er die Augen, sammelte sich und begann mit der schrillen Stimme eines erregten Kindes zu sprechen, eine Mischung aus flehentlichem Gebet und harschem Befehl.

„Ich möchte, daß du dich erhebst!“ intonierte er. „Steh auf und sei geheilt!“

Ein leises nervöses Gelächter ging durch die Menge. Die Menschen trauten ihren Augen nicht. Dieses unheimliche Kind, das eine Leiche berührte und mit ihr sprach . . .

In diesem Augenblick drehte sich der Brandmeister um und entdeckte die beiden sonderbaren Gestalten. Dann bemerkte er, daß der Junge seine Rechte in den Leichensack geschoben hatte.

„Was zum Teufel tut ihr da?“ Verblüffung lag in seiner Stimme.

„Der Junge heilt durch Handauflegen“, erklärte der Prediger im schleppenden Tonfall eines Südstaatlers aus dem Hinterland.

„Erhebe dich!“ rief der Junge erneut, und seine Stimme zitterte vor innerer Anspannung. „Empfange das Wunder, daß Er dir darbringt, wende dich nicht von Ihm ab.“

Das Gelächter der Zuschauer verstummte. Einige drängelten sich vor, um besser sehen zu können.

„Sie verstehen nicht“, sagte der Einsatzleiter ruhig und übertrieben deutlich zum Prediger, als müsse er einem verstockten Kind etwas erklären. „Dieser Mann ist *tot*.“

„Dann kann der Junge ihm ja kaum noch schaden, oder?“ fragte der Prediger.

Angewidert schüttelte der Feuerwehrmann den Kopf und wandte sich wieder den Aufräumarbeiten zu. Es hatte keinen Sinn, sich auf einen Streit mit einem Prediger einzulassen – erst recht nicht, wenn so viele Menschen zusahen. Die Bürger von Kenwood nahmen ihre Religion ziemlich ernst.

„Denn dies ist die Kraft des Glaubens“, fuhr der Junge unbeirrt fort. „Die Macht, das Licht von der Dunkelheit zu trennen. Leben aus dem Tod zu erschaffen ...“

Der Einsatzleiter hatte genug gehört. Er ließ seine wachsenden Zorn an den Schaulustigen aus. „In Ordnung, Leute!“ rief er und schwenkte die Arme über dem Kopf. „Die Show ist zu Ende! Räumen Sie das Gelände!“

Langsam und widerwillig wich die Menge zurück ... doch plötzlich erklang ein rasselndes Keuchen, und die Menschen blieben wie angewurzelt stehen.

Der Brandmeister fuhr herum.

Eine Hand schob sich aus dem Leichensack heraus. Eine verkohlte geschwärzte Hand. Sie streckte sich dem Jungen entgegen, der die knorrigen verkrümmten Finger mit den seinen umschloß.

„Halleluja, Samuel!“ rief der Prediger mit Tränen der Ergriffenheit in seinen Augen.

Ehrfürchtig senkte die Menge die Köpfe. Ein gemurmeltes „Amen“ machte die Runde, und einige Frauen sanken betend auf die Knie.

So konnten sie das triumphierende Grinsen des Jungen nicht sehen. Sie sahen nicht den Glanz in seinen Augen, der kaum vom Naß aufsteigender Tränen stammte. Die Augen des Jungen reflektierten die kalt blinkenden Lichter der Löschzüge und Streifenwagen mit einem merkwürdig intensiven Strahlen.

Sie leuchteten. Sie leuchteten in einem beinah dämonischen Rot.

1

Die Menschenmenge, die sich in dem großen Zelt versammelt hatte, schwankte hin und her.

Im Hintergrund dröhnte ein Schlagzeug, eine Orgel wimmerte, die Menschen klatschten und sangen. Fernsehkameras bewegten sich zwischen ihnen, richteten sich auf glückliche Gesichter, wiegende Körper und bebende Hände.

„Halleluja!" Der Ruf stieg aus Hunderten von Kehlen und übertönte für einen Augenblick die Musik.

Die Gläubigen trugen Freizeitanzüge und Jeans aus Diskontläden, Latzhosen und Sonntagskleidung, Cowboy- und Damenhüte. Es waren Schwarze und Weiße, Junge und Alte, Männer und Frauen, Sünder und Wiedergeborene. Einige saßen in Rollstühlen, andere stützten sich auf Krücken oder Spazierstöcke. Sie waren das Salz der Erde. Alle teilten sie einen Glauben und eine Hoffnung – die Hoffnung, geheilt zu werden.

Und der Prediger feuerte sie noch an. Mit breitem Südstaatenakzent rief er in sein Mikrophon: „Die MACHT und die HERRLICHKEIT Gottes sind mit uns HEUTE abend!"

Jedes dritte oder vierte Wort schrie er so laut und scharf wie das Knallen einer Peitsche. Der Rhythmus seiner Stimme war hypnotisch, und die Menge wiegte sich dazu.

„Ich SPÜRE seine wunderbare GEGENWART hier auf der BÜHNE!“ deklamierte der Prediger. Er trug einen dunkelblauen Anzug und weiße Schuhe; das schwarze Haar war glatt und mit Frisiercreme akkurat nach hinten gekämmt. In den acht Jahren, seit er mit seinem Sohn durch die Polizeiabsperrung vor dem brennenden Autowrack geschlüpft war, hatte sich sein Aussehen kaum gewandelt.

Sein Sohn dagegen hatte sich sehr verändert. Aus dem schlaksigen Kind war ein junger Mann geworden, ein junger Mann mit dunklen geheimnisvollen Augen. Je lauter und lebhafter sein Vater agierte, desto mehr hielt er sich zurück und schien ganz in sich versunken zu sein.

„Seine herrliche heilige MACHT richtet sich auf Seine KINDER!“ verkündete der Prediger. „Die sich hier VERSAMMELT haben, um ihren GLAUBEN zu erneuern und ihre Krankheiten HEILEN zu lassen!“

Während sein Vater die Menge weiter aufpeitschte, näherte sich der junge Mann einem Tisch, auf dem eine ältere Frau lag, halb bedeckt von einem Laken, fast wie ein Leichnam. Er streckte einen Arm aus, um sie zu berühren . . . und erstarrte.

Special Agent Dana Scully hatte die Fernbedienung des Videorecorders benutzt.

Obwohl der Fernseher und der Recorder ihrem Partner Agent Mulder gehörten, hatte Scully die Regie dieses Treffens übernommen. Die beiden Agenten saßen in Mulders Büro im Kellergeschoß des FBI-Gebäudes in Washington, D.C.

„Das ist eine Videoaufzeichnung einer Geistheilungsversammlung in einem Zelt in Tennessee“, erläuterte Scully. „Die Frau auf dem Tisch hat einen bösartigen Tumor an der Wirbelsäule.“

Mulder schwieg. Er hatte es sich hinter seinem Schreibtisch bequem gemacht, die Füße hochgelegt, den Blick auf den Bildschirm gerichtet. Da Scully das Videoband mitgebracht hatte, wollte er noch ein wenig mehr von ihr hören.

„Dieser Junge hier...“, Scully deutete auf den mitten in der Bewegung eingefrorenen jungen Mann, „... wird versuchen, die Frau durch bloßes Handauflegen zu heilen.“

„Wo haben Sie das her?“

„Es stammt aus dem regionalen FBI-Büro in Memphis. Der Name des Predigers ist...“

„Reverend Calvin Hartley.“

Überrascht drehte sich Scully zu Mulder um. Sie zielte mit der Fernbedienung auf ihren Partner, als wolle sie ihn durch einen Knopfdruck zum Verstummen bringen. „Sie haben von ihm gehört?“

Mulder nickte amüsiert – wie immer, wenn es ihm gelang, seine Kollegin zu verblüffen. „Der junge Mann ist sein Adoptivsohn Samuel. Reverend Hartley hat ihn angeblich als Kleinkind im Schilfrohr am Ufer des Mississippis gefunden."

Enerviert verdrehte Scully die Augen. Genau wie Moses in seinem Schilfkörbchen! „Wußten Sie auch, daß er behauptet, sein Sohn hätte einen Toten zum Leben erweckt?"

„Das ist mehr als eine bloße Behauptung", stellte Mulder richtig. „Der Mann, den er gerettet hat, tritt regelmäßig als Attraktion im Veranstaltungszelt des Predigers auf. Der Junge vollbringt seit zehn Jahren jede Woche Wunder. Sonntags auch zweimal."

Um ein Haar hätte Scully erneut die Augen verdreht. Mulder schien diesen Wunderheilungshokuspokus tatsächlich ernstzunehmen ... allerdings war es bei ihm immer schwer zu sagen, wann er sie nur ärgern wollte und wann er sich wirklich wieder einmal in eine dieser abstrusen Geschichten hineingesteigert hatte.

„Das sind keine Wunder", sagte Scully bestimmt. „Jedenfalls nicht nach Meinung des Sheriffs aus dem Kenwood County. Die lokalen Behörden glauben, daß Hartley und sein Sohn Betrüger sind. Sie haben versucht, ihnen für eine Weile das Handwerk zu legen, allerdings ohne viel Erfolg."

„Und deshalb wenden sie sich jetzt an uns?" Mulder gähnte und kratzte sich mit beiden Händen am Hinterkopf.

„Sie hoffen, daß das FBI einen Haftbefehl gegen sie erwirken kann."

Erstaunt ließ Mulder die Arme sinken. „Mit welcher Begründung? Betrug?“

Diesmal war es an Scully, sich an der Verblüffung ihres Partners zu weiden. „Nein, Mord. Sehen Sie sich die Aufzeichnung weiter an.“

Als sie auf die Fernbedienung drückte, erwachte die Szene auf dem Bildschirm zu neuem Leben. Sanft legte Samuel Hartley der alten Frau die Hände auf die Stirn. Sie lächelte den attraktiven jungen Mann zaghaft an, und in ihren Augen schimmerten Angst und Hoffnung.

Samuel erwiderte ihr Lächeln. Seine dunklen Augen waren voller Zärtlichkeit und Zuversicht. Schließlich nahm er ihre Hände in die seinen, als wolle er sie wärmen.

Dann trat wieder Reverend Hartley ins Bild. Er hielt das schnurlose Mikrophon wie einen Zauberstab vor sich.

„Lucy Kelly hat KREBS!“ betonte er. „Ihre Ärzte sagen, er wäre INOPERABEL. Was sie damit meinen, ist, daß SIE ihn nicht heilen können!“

„Amen!“ rief die Menge.

„Sie können den Krebs nicht HEILEN. Sie sagen, daß Lucy Kelly, die drei ENKEL hat, nicht mehr lange genug LEBEN wird, um ihren dreiundsechzigsten GEBURTSTAG zu feiern.“

Samuel legte Lucy Kelly die Hände auf die Schultern.

„Aber wißt ihr, was ICH euch sage?“ fragte Reverend Hartley die Menge. „Ich sage euch, was die ÄRZTE nicht heilen können, das kann der HERR vollbringen!"

„Halleluja!" antwortete die Menschenmenge, und ihre Stimmen wurden lauter, ekstatischer. „HALLELUJA!" Ihr Jubel klang wie das Triumphgeheul einer siegreichen Armee.

„Denn ER kann WUNDER vollbringen! Und ihr alle seid heute ZEUGEN, daß Samuel Hartley Gottes SOLDAT im Kampf gegen die Krankheit ist. Im Kampf gegen den DÄMON, der sich KREBS nennt! Und so rufen wir: Hebe dich HINFORT, Krebs!"

„Hebe dich hinfort, Krebs!" wiederholte die Menge.

„Hebt euch hinfort, DÄMONEN!"

„Hebt euch hinfort, Dämonen!"

„Passen Sie jetzt auf", sagte Scully in das Getöse hinein.

Sie hätte sich die Aufforderung sparen können: Mulder stand längst neben ihr, den Blick gespannt auf den Bildschirm geheftet.

„Mach Lucy Kelly GESUND!" flehte Reverend Hartley, während sein rhythmischer Sprechgesang schneller wurde. „Erfülle ihr KOSTBARES Leben mit neuer KRAFT! Laß Deine HEILENDE Liebe durch Samuels HÄNDE fließen!"

Plötzlich ging ein Ruck durch Samuel, und er riß die Hände zurück, als hätte er sich verbrannt. Im gleichen Moment versuchte Lucy Kelly, sich zuckend und strampelnd aufzurichten.

Während sie panisch mit den Armen ruderte, flog ihre Brille davon und schlitterte über den Boden. Mit letzter Kraft bäumte sich die Frau auf, schlug wild um sich und...

Das Bild erstarrte.

Erneut hatte Scully auf die Pausetaste gedrückt. Sie hatte genug gesehen.

Mulders Blick hing immer noch gebannt am Bildschirm.

„Zwanzig Minuten später wurde Lucy Kelly ins Krankenhaus eingeliefert“, berichtete Scully.

„Und?“

„Sie war bereits bei der Ankunft tot.“

Mit nachdenklicher Miene kehrte Mulder hinter seinen Schreibtisch zurück und setzte sich wieder. „Was war die Todesursache?“

„Das konnte nicht festgestellt werden,“ erwiderte Scully achselzuckend. „Doch es war bestimmt nicht Krebs.“

Sie drehte sich zu ihrem Partner um, der reglos in seinem Bürostuhl lehnte, die Füße auf dem Schreibtisch, die Fingerspitzen konzentriert aneinandergelegt. „Die lokalen Behörden haben jemanden mit medizinischer Fachkenntnis angefordert, um ihnen bei den Ermittlungen zu helfen“, fuhr Scully fort. Dann zögerte sie einen Augenblick. „Ich weiß, daß das keine X-Akte ist, aber...“

Mit einer kurzen Geste wischte Mulder ihre Bedenken beiseite. „Wann brechen wir auf?“

2

„Kommt näher, Leute! Der Gottesdienst beginnt gleich!“

Die Menschen verließen ihre Autos und eilten in Scharen zu dem großen Zelt, das in der heißen Tennesseesonne schmorte.

Ein Schild über dem Eingang verkündete in marktschreierischen Lettern:

REVEREND CALVIN HARTLEY
PRÄSENTIERT SEINEN
WUNDERHEILUNGSGOTTESDIENST
MIT DEM HEILER SAMUEL HARTLEY
KOMMT, WIE IHR SEID...
GEHT, WIE IHR IMMER SEIN WOLLTET!

Scully und Mulder standen direkt unter dem Schild vor dem Zelteingang. In ihren konservativen Anzügen und Stadtschuhen wirkten sie wie Fremdkörper.

Die in das Zelt strömenden Gläubigen unterschieden sich in nichts von den Menschen auf dem Videoband, ein buntes Gemisch aller Hautfarben, Geschlechter und Altersgruppen. Sie trugen einfache Jeans, Freizeit- und Arbeitskleidung, billige und geschmacklose Sachen, wie Scully bemerkte. Wenn J. Crew für Washington, D.C., typisch war, dann war es K-Mart für Tennessee.

Mulders Interesse galt eher den Verkaufsständen. Auf Tischen zu beiden Seiten des Eingangsbereichs wurden T-Shirts, Programme, Fläschchen mit „gesegnetem“ Quellwasser und Umschläge mit Erde feilgeboten, Relikte all jener Menschen, die der junge Samuel Hartley geheilt hatte.

Angeblich geheilt hatte.

„Können Sie das glauben?“ murmelte Mulder, während er sich über ein kleines gerahmtes Foto des „Wunderjungen“ beugte. Er ließ den Blick leicht sehnsüchtig über die an ihm vorbeiziehende Menschenmenge schweifen. „Das erinnert mich an Woodstock.“

Scully lächelte schief. „Mulder, Sie waren nicht in Woodstock.“

„Ich habe den Film gesehen“, protestierte Mulder halbherzig, während er zwei Eintrittskarten aus der Brusttasche seines grauen Jacketts fischte und sie dem Türsteher zeigte.

Angenehm überrascht stellten die beiden FBI-Agenten fest, daß die Luft im Inneren des Zelts relativ kühl war.

„Eine Klimaanlage“, seufzte Scully. „Wie im Himmel.“

„Oder“, flüsterte Mulder dicht neben ihrem Ohr, „wie in den besseren Gegenden der Hölle.“

Hinter dem sich schnell füllenden Zelt hielt ein Kombiwagen auf einem Parkplatz, der Behindertenfahrzeugen vorbehalten war. Das Nummernschild des Wagens trug das Rollstuhlsymbol.

Ein uniformierter Mann stieg aus; in seinem Gürtel steckte eine großkalibrige Pistole, und daneben baumelte ein Paar Handschellen. Es war nicht Sheriff Maurice Daniels, der den Rollstuhl benötigte. Mit ausgreifenden Schritten ging er um den Kombi herum zur Beifahrerseite, auf der seine Frau saß.

„Es wird nicht lange dauern, Lillian", brummte er. „Kann ich dich solange allein lassen?"

„Ich komme schon klar", versicherte sie mit einem tapferen Lächeln.

Sheriff Daniels nickte und tätschelte ihre Hand. Dann mischte er sich unter die in das Zelt strömenden Menschen.

Während ihm Lillian Daniels aus feuchten Augen nachsah, krallten sich ihre arthritisch verkrümmten Finger um den Rand des geöffneten Seitenfensters. Zu gern hätte sie sich zu den anderen Menschen gesellt – doch dieses Glück blieb ihr versagt.

Ihr Mann glaubte nicht an den Wunderheiler. Und er erlaubte auch ihr nicht, an ihn zu glauben.

Mulder und Scully fanden zwei leere Stühle in der letzten Reihe und setzten sich.

Während immer noch Leute hereinkamen, nach freien Plätzen suchten und Nachbarn begrüßten, dröhnte Reverend Hartleys Stimme bereits aus den riesigen Lautsprechern, die die Bühne flankierten.

„Die MEISTEN von euch, die HEUTE hier sind, kenne ich als NACHBARN!" deklamierte er. „GESCHÄTZTE Mitglieder unserer WUNDERHEILUNGSKIRCHE!"

Scully beugte sich vor, um besser sehen zu können.

Reverend Hartley stand auf einer Bühne, die an den Laufsteg bei einer Modenschau erinnerte. Er trug einen teuren Anzug; Ringe blitzten an jedem seiner Finger.

„Doch EINIGE von euch KOMMEN von so weit her wie aus PENSACOLA, Florida", fuhr er fort. „Und aus UNIONDALE, Long Island!"

Seine Stimme hob und senkte sich rhythmisch.

Aus leicht verengten Lidern strich Mulders Blick über die Menge. Er hätte nicht sagen können, wonach er eigentlich Ausschau hielt. Es war ein automatischer Reflex, eine Eigenart, die ihm schon fast zur zweiten Natur geworden war: Er sammelte Informationen, die er später verarbeiten und auswerten würde.

„Und es sind BESONDERS diejenigen unter euch, die von so WEIT her gekommen sind, bei denen ich mich aus TIEFSTEM Herzen ENTSCHULDIGEN muß ..."

„Häh . . .?“ entwischte Scully ein unartikulierter Laut.

„. . . denn unglücklicherweise kann SAMUEL heute nachmittag nicht HIER sein.“

„Was?“ brummte Mulder, offensichtlich ebenfalls verärgert.

Ein leises enttäuschtes Raunen machte sich breit.

Beschwichtigend hob Reverend Hartley die Hände, und die Bühnenbeleuchtung ließ seine Ringe funkeln. „Ich weiß! Ich weiß, wie sehr jeder einzelne von euch jetzt enttäuscht sein muß. Aber ÄRGERT euch nicht!“

Hartleys Stimme wurde lauter und nahm wieder ihren hypnotischen Tonfall an. „Denn schon in nur ZWEI Tagen wird SAMUEL wieder unter uns sein. Er wird zurückkommen, um WUNDER für all die zu vollbringen, die glauben, denn wie diese Leute hier BEZEUGEN werden . . .“

Mit einer schwungvollen Armbewegung drehte er sich um und deutete hinter sich. Zum ersten Mal registrierten Mulder und Scully die anderen Personen auf der Bühne: Einige saßen in Rollstühlen, andere stützten sich auf Krücken, und einer war völlig in Schwarz gekleidet – schwarzer Anzug, Hut, Sonnenbrille und Handschuhe.

Alle, bis auf den Mann in Schwarz, lächelten.

„Samuel kann eure KRANKHEIT besiegen, er kann euch die SCHMERZEN nehmen. Ja, liebe

FREUNDE, Samuel kann euch HEILEN! Samuel WIRD euch heilen!"

Reverend Hartley legte eine dramatische Pause ein. Er musterte die Menge, sah in die Gesichter der versammelten Menschen, als suche er nach Anzeichen für noch bestehende Zweifel.

„Aber nur, wenn ihr GLAUBT!"

Scully hatte genug gehört. „Vielleicht sollten wir hinter die Bühne gehen", raunte sie Mulder zu. „Mal sehen, was der Reverend uns erzählen kann."

Doch Mulder faßte sie am Arm und hielt sie zurück. „Warten Sie!"

„Worauf?"

„Das ist die Stelle, an der sie normalerweise Elvis auftreten lassen."

Gegen ihren Willen mußte Scully lächeln.

Einige Minuten später zeigten Mulder und Scully einem Sicherheitsposten vor dem Hintereingang des Zelts ihre FBI-Dienstausweise.

Der Mann zuckte bedauernd die Achseln. „Der Reverend ist gerade gegangen", sagte er. „Wenn Sie ihn noch erwischen wollen, finden Sie ihn dort drüben." Er deutete in Richtung Parkplatz.

Die beiden FBI-Agenten eilten über die Rasenfläche auf einen Cadillac zu, dem sich der Prediger mit zügigen Schritten näherte.

„Reverend Hartley?" fragte Scully, als sie zu ihm aufgeschlossen hatte. „Wir sind vom FBI."

Hartley nickte, ohne stehenzubleiben.

Mulder schob sich an seine andere Seite.

„Wie ich sehe, hat Sheriff Daniels die Kavallerie gerufen“, bemerkte Hartley ausdruckslos, den Blick nach wie vor geradeaus gerichtet.

„Wir möchten nur kurz mit Samuel sprechen“, erklärte Scully. „Das ist alles.“

„Tut mir leid, aber er ist nicht hier“, erwiderte der Prediger. Mittlerweile hatte er seinen Wagen erreicht und wollte einsteigen. Ein schwarzgekleideter Mann hielt ihm die Tür auf.

„Wo ist er?“ wollte Mulder wissen.

Reverend Hartley verharrte, eine Hand auf den Türrahmen gelegt. Zum ersten Mal sah er die beiden FBI-Agenten direkt an.

„Ich weiß es nicht.“ Seine Stimme wurde leiser. Ohne den rhythmischen Sprechgesang klang sie beinah völlig normal. „Der Junge war in letzter Zeit ein bißchen ... beunruhigt.“

„Reverend, wir kommen zu spät“, drängte der Mann in Schwarz, dessen Augen von einem breitkrempigen Hut und den dunklen Gläsern seiner Sonnenbrille verborgen wurden. Sein Gesicht war vernarbt und bleich – so bleich wie der Bauch eines toten Fisches.

Nach kurzem Besinnen erkannte Mulder in dem Fahrer den Mann wieder, der auf der Bühne hinter Reverend Hartley gestanden hatte.

„Ja, Leonard“, bestätigte Hartley. Er nickte

Mulder und Scully höflich zu und glitt auf die Rücksitzbank der Limousine.

Der Mann in Schwarz zögerte noch einen Moment lang und bedachte die FBI-Agenten mit einem starren Blick, bevor er den Wagen umrundete und auf dem Fahrersitz Platz nahm.

Beide Türen fielen ins Schloß, und der Cadillac schoß davon.

„Unheimlich", bemerkte Scully.

„Sie wissen, wer das ist, oder?" erklang hinter ihnen eine unbekannte Stimme. Die Agenten wandten sich um und entdeckten einen uniformierten Mann, der sich ihnen schnell näherte.

„Das ist Leonard Vance, der Mann, den der Junge vor acht Jahren angeblich zum Leben wiedererweckt hat, nachdem Vance bei einem Autounfall verbrannt war."

In der linken Hand hielt der Uniformierte einen großen braunen Papierumschlag. Die Rechte streckte er Mulder zur Begrüßung entgegen. „Ich bin Sheriff Daniels. Wir haben miteinander telefoniert."

„Genau", bestätigte Mulder. Er schüttelte dem Sheriff die Hand. „Mein Name ist Mulder, und das ist Special Agent Scully."

Daniels betrachtete Scully mit wachsendem Interesse. „Sie müssen die medizinische Expertin sein. Sie haben eine Kopie vom Untersuchungsbericht des Gerichtmediziners angefordert."

„Das ist richtig."

Der Sheriff reichte Scully den Umschlag.

„Danke", sagte sie, riß ihn auf und begann sofort, den Inhalt durchzublättern: Formulare, Fotos, Röntgenbilder. Die Beweismittel aller Todesfälle, die mit den Wunderheilungen in Zusammenhang gebracht worden waren.

„Anscheinend hatten Sie die Gelegenheit, sich die scheinheilige Show anzusehen." Mit gerecktem Kinn deutete Sheriff Daniels auf das Zelt der Wunderheilungskirche und verzog geringschätzig das Gesicht.

„Aus irgendeinem Grund vermute ich, daß Sie kein Mitglied von Reverend Hartleys Herde sind", stellte Mulder leicht belustigt fest.

Sheriff Daniels schüttelte den Kopf und spuckte aus. „Ich habe Hartley schon gekannt, als er noch ein kleiner Westentaschenprediger war und Dollarscheine in Kaffeedosen gesammelt hat. Nachdem der Junge zu ihm gestoßen ist, hat sich Hartley einen Cadillac für jeden Wochentag kaufen können. Bezahlt mit dem Geld, das wir für den Ausbau unserer Schulen und Straßen verwenden sollten."

Mulder hob die Schultern. „Die Menschen wollen eben an irgend etwas glauben."

Erneut spuckte Daniels aus. „Neunundneunzig Prozent der Menschen sind Dummköpfe, und das restliche Prozent ist in großer Gefahr, sich anzustecken."

Angesichts dieser arroganten Bemerkung runzelte Scully die Stirn, schwieg aber und blätterte weiter im ziemlich unerfreulichen Inhalt des Umschlags.

Während sich die Menschenmenge immer weiter zerstreute, setzten sich Mulder und der Sheriff in Richtung des Hauptparkplatzes in Bewegung. Scully folgte ihnen, noch immer mit den Unterlagen beschäftigt, die Daniels ihr besorgt hatte.

„Von Ihrer Einstellung Reverend Hartley gegenüber einmal abgesehen, was ist mit seinem Sohn?“ erkundigte sich Mulder. „Ist es nicht nur eine bloße Vermutung, daß Samuel hinter diesen Todesfällen steckt?“

Der Sheriff schüttelte den Kopf. Unwillkürlich glitten seine Finger über seine Dienstwaffe und die Handschellen an seinem Gürtel. „Ich habe Zeugen, die Ihnen bestätigen werden, daß der Junge diesen Leuten unmittelbar vor ihrem Tod die Hand aufgelegt hat.“

„Glauben Sie, daß er sie dadurch getötet hat?“ fragte Mulder mit betont neutraler Stimme. „Allein durch seine Berührung?“

„Ich glaube gar nichts, Agent Mulder... Ich weiß nicht, wie oder warum er es getan hat. Aber wir suchen den Jungen seit Dienstag. Und anscheinend will er nicht gefunden werden.“

„Aus diesen Berichten geht nichts Ungewöhnliches hervor“, meldete sich Scully zu Wort und gab Sheriff Daniels den Umschlag zurück. „Außer daß in keinem Fall eine Autopsie durchgeführt worden ist."

„Dafür ist Hartley verantwortlich. Er konnte meine Anträge, Autopsien vornehmen zu lassen, durch Berufung auf religiöse Gründe ablehnen." Wieder spuckte Daniels aus. „Und dabei ist es wenig hilfreich, daß der Gerichtsmediziner von Kenwood County ein zahlendes Mitglied dieser sogenannten Wunderheilungskirche ist."

Mulder warf Scully einen fragenden Blick zu, und sie nickte fast unmerklich.

„Vielleicht ... können wir eine Genehmigung vom Bundesgericht erwirken, die Leichen zu exhumieren", sagte Mulder.

Zum ersten Mal huschte ein Lächeln über Sheriff Daniels kantiges Gesicht. „Keine schlechte Idee. Das ist wirklich keine schlechte Idee."

3

Nichts kann so laut sein wie Lärm auf einem nächtlichen Friedhof.

Es waren rauhe und brutale Geräusche, die in der feuchten Nachtluft von den Grabsteinen widerhallten, das Dröhnen und Grollen eines Dieselmotors, das Knirschen einer Schaufel, die sich in die kiesige Erde grub. Eine riesige metallische Bestie, hungrig nach Leichen, auf der Suche nach einem Mitternachtsimbiß . . .

„Können wir hier drüben ein bißchen mehr Licht haben?" war die gelangweilte Stimme eines Friedhofarbeiters zu hören.

Sheriff Daniels griff durch das geöffnete Seitenfenster seines Streifenwagens und schaltete die Scheinwerfer an: Zwei Lichtkegel bohrten sich durch die Dunkelheit und machten das Maschinenungeheuer sichtbar, das vor und zurück durch den Nebel stampfte.

Es war ein Schaufelbagger, dessen hydraulischer Schild ein rechteckiges Loch am Fuß eines neueren Grabsteins aushob.

Mulder und Scully standen mit Sheriff Daniels neben dem Streifenwagen und verfolgten die Arbeiten.

Scully hatte die Arme vor der Brust verschränkt. Die unheimliche Szenerie ließ sie gegen ihren Willen frösteln. Als Polizeibeamtin war sie mit dem Tod vertraut, und als Wissenschaftlerin und promovierte Ärztin glaubte sie nicht an Gespenster.

Dennoch . . .

Das Grab war die Ruhestätte einer der letzten beiden Toten aus Reverend Hartleys Wunderheilungskirche. Im grellen Lichtschein konnte Scully die in das Steinkreuz gemeißelten Worte erkennen:

CAROL WALLACE
„WIE EINSAM IST UNSER HEIM
OHNE DICH“
1942–1997

Rührend, dachte sie ohne jeden Anflug von Ironie. Auch wenn sie den Aberglauben der Einheimischen bisweilen belächelte, empfand sie doch viel Sympathie für deren gefühlvolle Südstaatler-Art.

Mulder sah sich wie gewöhnlich aufmerksam um und beobachtete die Umgebung – er war der erste, der die menschlichen Schemen bemerkte, die sich ihnen über den mit Grabsteinen bestandenen langgestreckten Hügel näherten.

Er stieß Sheriff Daniels an. „Sheriff . . .“

Daniels drehte sich um, folgte Mulders Blick hügelaufwärts in Richtung des Friedhofeingangs und fluchte. „Verdammt!“

Wie Gespenster glitten die Schemen durch den dichten Nebel auf sie zu und lösten sich schließlich in einzelne Gestalten auf: zwei Dutzend Menschen, deren Gesichter vom Licht der Kerzen angestrahlt wurden, die sie mit gewölbten Händen schützten.

Es waren Weiße und Schwarze, Junge und Alte, Männer und Frauen, genau wie bei der Versammlung im Zelt des Predigers, nur riefen sie jetzt nicht mehr „Halleluja!" oder lächelten erwartungsvoll.

Sie waren stumm, und in ihren grimmig entschlossenen Gesichtern lag ein Ausdruck, der beinah an Haß grenzte.

Mulder preßte die Lippen aufeinander.

„Das ist Reverend Hartleys Gemeinde", stöhnte der Sheriff.

„Wie haben sie herausgefunden, daß wir hier sind?" fragte Scully.

Zerknirscht schüttelte Sheriff Daniels den Kopf. „Ich habe meine Jungs angewiesen, den Mund zu halten, gerade damit das nicht passiert."

„Scheint so, als hätten Sie ein paar Anhänger des Reverends auf Ihrer Lohnliste", bemerkte Mulder trocken.

Statt einer Antwort winkte Daniels dem Baggerführer zu und fuhr sich mit dem Finger über den Hals. Die Geste war eindeutig. Abschalten.

Der Baggerführer folgte dem Befehl.

Urplötzlich senkte sich Stille über den Friedhof.

Nur das Zirpen der Grillen war noch zu hören, ein makabrer zeitloser Chor, der die Menschen, die das neuausgehobene Grab umringten, nur zu deutlich an ihre eigene Vergänglichkeit erinnerte.

Der Mann, der sie anführte, war Leonard Vance. Da er leicht hinkte, stützte er sich beim Gehen auf einen Spazierstock. Wie tags zuvor trug er einen schwarzen Hut und Handschuhe, und eine dunkle Sonnenbrille bedeckte seine Augen. Sein zernarbtes Gesicht war so weiß wie das einer wandelnden Leiche.

Er ist der einzige, der hierher zu gehören scheint, dachte Scully schaudernd. *Als wäre er gerade erst aus dem Grab gestiegen.*

„Im Namen der Wunderheilungskirche verlangen wir, daß Sie sofort mit diesem Sakrileg aufhören!" sagte Vance mit beschwörender Stimme.

„Sie haben es jetzt nicht mehr nur mit mir zu tun, Vance", erwiderte der Sheriff kühl. Mit einem Nicken deutete er auf Mulder und Scully. „Jetzt ist das FBI mit von der Partie."

Scully trat zwischen die beiden Männer. „Es ist nicht unsere Absicht, respektlos zu erscheinen", wandte sie sich an Vance. „Wir ermitteln in einem möglichen Mordfall."

Sie wartete einen Augenblick, doch Vance antwortete nicht. „Die Bundesgesetze verlangen, daß an diesen Leichen eine postmortale Untersuchung durchgeführt wird", fügte sie dann hinzu.

Das, was von Vances dünnen Lippen übriggebliebenen war, teilte sich zu einem spöttischen Grinsen. „Ich fürchte, wir gehorchen einer höheren Macht als der Regierung der Vereinigten Staaten. Einer Macht, die das Öffnen von Gräbern und die Entweihung der Toten als Sünde betrachtet. Als Todsünde."

Sheriff Daniels spuckte verächtlich aus. Doch bevor er zu einer Antwort ansetzen konnte, kam ihm ein Rauschen aus dem Funkgerät seines Wagens zuvor.

Während sich der Sheriff auf den Fahrersitz schob, warf er seinem Widersacher einen finsteren Blick über die Schulter zu. „Wir werden die Autopsie vornehmen, Vance. Früher oder später. Das wissen Sie genau." Er schlug die Tür zu und griff nach dem Mikrophon. „Hier Daniels . . ."

Leonard Vance musterte die beiden FBI-Agenten. „Die Familie der Verstorbenen will nicht, daß ihre Ruhe gestört wird."

„Sie wissen verdammt gut, daß Carol Wallace keine Familie hatte!" rief Daniels aus dem Streifenwagen heraus.

„*Wir* sind ihre Familie", konterte Vance. Mit seinem Krückstock deutete er auf die schweigenden Gestalten, die sich um das Grab versammelt hatten. „Wir sind ihre Familie", wiederholte er an Mulder und Scully gerichtet, ohne den Sheriff weiter zu beachten. „Es war schon schwer genug, sie das erste Mal zu begraben."

Mulder bedachte seine Partnerin mit einem verunsicherten Seitenblick und betrachtete dann die Menschenmenge vor dem Grab. Scully und er hatten die Befugnis, diese Leute fortzuschicken – doch hatten sie auch die Mittel, ihr Recht durchzusetzen? Wollten sie es darauf ankommen lassen?

„Wenn Sie darauf bestehen, mit dieser Ungeheuerlichkeit weiterzumachen“, fuhr Vance fort, „sind wir bereit, hier eine Mahnwache einzurichten. Wir werden alles tun, um Sie aufzuhalten.“

Während er sprach, schoben sich seine Leute näher an die offene Grube heran, und ihre schlurfenden Füße zogen Furchen durch den aufgewühlten Kies.

Der Fahrer des Schaufelbaggers hatte sich in der Führerkabine zurückgelehnt. Er rauchte eine Zigarette und beobachtete ruhig das Geschehen. Mulder musterte ihn aufmerksam und fragte sich, ob das Gesicht des Mannes nun Mitgefühl oder nur reine Neugier widerspiegelte.

„Was meinen Sie?“ erkundigte sich Mulder bei Scully. „Sollen wir sie auffordern, sofort von hier zu verschwinden, oder. . .?“

Er wurde von Sheriff Daniels unterbrochen, der die FBI-Agenten zu sich rief. „Wie ich gerade über Funk erfahren habe, hat mein Deputy den Wagen des Jungen in der Stadt entdeckt.“

Mulder und Scully tauschten ein erleichtertes Lächeln. Diese Information löste ihr Problem, vorläufig zumindest. Nach einem letzten besorgten Blick auf die Menschenmenge vor dem Grab stiegen sie in den Streifenwagen.

„Was soll ich tun, Sheriff?“ rief ihnen der Baggerführer hinterher. „Das Loch wieder zuschütten?“

Der Sheriff nickte zum offenen Seitenfenster hinaus. „Erst einmal ja“, erwiderte er knapp und preschte davon.

4

In jedem kleinen Ort in den Südstaaten, egal, wie klein er auch sein mag, gibt es eine Straße, die den Eindruck vermittelt, man befände sich in einer großen Stadt.

Eine heruntergekommene Straße, schmutzig und verrucht.

Eine Straße mit Neonlichtreklameschildern und ohne Gartenzäune, mit Pfandleihgeschäften statt Kirchen, billigen Hotels statt Familienhäusern, schäbigen Kneipen statt Schulen.

Eine Straße, in der sich die Außenseiter der Gegend zu Hause fühlen, da einem die Jukebox für einen Quarter Geschichten erzählt, die man in der Kirche wohl kaum zu hören bekommt.

Eddie's Riverfront Bar & Grill lag in dieser Straße von Kenwood, Tennessee.

Der winzige Parkplatz vor der Kneipe war fast leer bis auf einen Kleinlaster, einen zerbeulten alten Chevy und einen pflaumenfarbenen Cadillac.

Dem Streifenwagen des Sheriffs von Kenwood County, der mit blinkendem Blaulicht auf dem Parkplatz hielt, folgte ein unauffälliger grauer Mietwagen. Kaum waren die Autos zum Stehen gekommen, sprangen Sheriff Daniels und sein

Deputy aus dem Polizeifahrzeug, während Mulder und Scully aus ihrem Mietwagen schlüpften.

„Nicht gerade der typische Ort, um Seelen zu retten", bemerkte Daniels spöttisch.

Mulder zuckte die Achseln. Er hatte eher den Eindruck, als gäbe es gerade hier ein paar Seelen, die es mehr als nötig hatten, gerettet zu werden.

Doch er hielt den Mund, denn eine der Lektionen, die er als FBI-Agent gelernt hatte, lautete, daß der Umgang mit der lokalen Polizei immer eine heikle Angelegenheit war. Und bei Sheriff Daniels schien noch mehr Fingerspitzengefühl als gewöhnlich geboten zu sein.

Das Innere der Bar war ein einziges Chaos.

Ein Koch mit schmutziger Schürze kehrte zerbrochenes Glas zusammen, während der Barkeeper umgekippte Hocker und Stühle wieder aufstellte.

Der Spiegel hinter der Theke war zertrümmert. Am Tresen standen drei Männer, die schnell ihre Biere austranken und durch die Hintertür verschwanden, als der Sheriff und sein Deputy die Kneipe betraten.

Zielstrebig ging Sheriff Daniels auf den Barkeeper zu. „Wo ist der Junge?"

„Auf dem Klo", erwiderte der Mann, ohne von seiner Kehrschaufel voller bernsteinfarbener Glassplitter aufzusehen.

„Was ist hier passiert?" Mit der Fußspitze schob

Mulder vorsichtig eine große Spiegelscherbe zur Seite.

Der Barkeeper hob die Schultern. „Irgend so ein verdammter Trottel hat eine Schlägerei angefangen“, knurrte er. Er warf einen Blick zum hinteren Ende der Bar. „Hatte mir schon gedacht, daß diese Betbrüder nicht mit Alkohol umgehen können. Und ich hatte recht.“

Mulder und Scully folgten dem Blick des Barkeepers. In diesem Moment schwang die Tür zum Männerklo auf, und Samuel Hartley wankte heraus.

Das attraktive Gesicht des jungen Mannes war zerschlagen und blutverschmiert. Er hatte ein blaues Auge und eine Platzwunde auf der Wange, doch sein Haar war ordentlich gekämmt, und das Hemd steckte in der Hose.

„Ist er alt genug, um Alkohol trinken zu dürfen?“ erkundigte sich Scully.

„Er hat sich irgendwo anders betrunken“, behauptete der Barkeeper kurzangebunden. „Ich wollte ihn gerade rausschmeißen, als die Schlägerei losging.“

Samuel Hartley setzte sich an einen Tisch und zündete sich mit fahrigen Bewegungen eine Zigarette an. Er schien nicht zu bemerken, daß er der einzige Gast in der Bar war – oder wenn er es bemerkt hatte, so war es ihm offenbar egal.

Während Sheriff Daniels den Raum durchquerte und sich direkt vor dem jungen Mann aufbaute, hielten sich Mulder und Scully ein paar Schritte im Hintergrund. „Ich habe dich bereits überall gesucht, Samuel. Ich habe mich gefragt, warum du weggelaufen bist."

„Weggelaufen?" Samuel nahm einen tiefen Zug von seiner Zigarette. Mit finsterer Miene sah er zu dem Sheriff auf. „Yeah, also, ich habe ein bißchen nachgedacht."

„Nachgedacht." Der Sheriff beugte sich drohend vor. „Dazu wirst du noch jede Menge Zeit haben, mein Sohn. Ich werde dich nämlich verhaften."

Zu Scullys Überraschung wirkte der junge Mann beinahe erleichtert.

Erneut zog er an seiner Zigarette und blinzelte sich den Rauch aus den Augen. „Wegen Mordes?"

„Wegen Mordverdachts", stellte Daniels richtig.

Samuel schien eine Weile darüber nachzudenken, dann nickte er. „Wie wäre es, wenn Sie mich vorher meine Zigarette zu Ende rauchen lassen?"

„Nope. Du kommst gleich mit. Ich möchte eine Aussage von dir. Ich werde jetzt erst einmal dafür sorgen, daß dein Caddy abgeschleppt wird."

Er ließ Samuel zurück und setzte sich in Richtung Vordertür in Bewegung. Mulder und Scully folgten ihm.

„Welche Beweise haben Sie, um ihn verhaften zu können?" fragte Mulder leise, als sie wieder auf dem Parkplatz waren.

Sheriff Daniels blieb stehen. Sein Blick wanderte

von Mulder zu Scully und dann wieder zurück zu Mulder. „Was verlangen Sie denn noch? Der Junge hat doch praktisch ein Geständnis abgelegt!“

„Ja, aber er ist betrunken“, gab Mulder zu bedenken.

„Schön, dann füge ich der Anklage Trunkenheit eines Minderjährigen hinzu“, entgegnete der Sheriff sarkastisch. „Lassen Sie uns eins klarstellen, Agent Mulder. Die Frage ist nicht, ob der Junge schuldig ist, sondern nur, wie er die Morde begangen hat.“

Bewußt verbot sich Mulder jeglichen Kommentar. „Würden Sie uns trotzdem eine Minute Zeit geben, um mit ihm zu sprechen?“

„Ganz wie Sie wollen“, grunzte Daniels und stolzierte gereizt zu seinem Fahrzeug hinüber. Da er das FBI selbst zur Hilfe geholt hatte, mußte er Mulders Bitte wohl oder übel nachgeben.

Bevor er zum Funkgerät griff, um einen Abschleppwagen zu rufen, spuckte er verächtlich aus. Bisher hatten ihn diese beiden piekfeinen Agenten nur eine Menge Nerven gekostet.

Als Mulder und Scully am Tisch des Jungen Platz nahmen, war der Deputy gerade dabei, Samuel seine Rechte vorzulesen.

„...können vor Gericht gegen Sie verwendet werden.“

Samuel nickte und starrte auf das brennende

Ende seiner Zigarette. Der Deputy zog sich zurück.

„Amen“, sagte Mulder mit der Andeutung eines Lächelns.

Doch der Junge wirkte alles andere als belustigt. Er bedachte die beiden FBI-Agenten mit dem gleichen ausdruckslosen Blick wie zuvor den Deputy.

„Ich bin Special Agent Mulder. Dies ist Agent Scully. Wir kommen vom ...“

„Ich weiß, ich weiß“, unterbrach ihn Samuel mit einer müden Geste. „Vom FBI.“

„Sieht so aus, als hättest du ganz schön was abgekriegt“, meinte Mulder.

Samuel betastete sein blaues Auge und zuckte zusammen. „Eine Bestrafung, Mr. Mulder.“

„Andere würden es eine schlichte Kneipenschlägerei nennen“, warf Scully ein.

Der Junge sah sie scharf an. „Sie kennen den Spruch: ‚Der Herr hat es gegeben, der Herr hat es genommen‘?“

„Und was soll das heißen?“

Langsam hob Samuel die Schultern. „Wenn ein Mann zu stolz wird, tut es ihm manchmal gut, wenn der Mist aus ihm herausgeprügelt wird ... Entschuldigen Sie meine Ausdrucksweise.“

Scully nickte.

„Das erspart Gott die Mühe“, fügte Samuel hinzu.

„Welche Mühe?“

„Den schuldigen Sünder zu demütigen." Samuel nahm einen weiteren Zug von seiner Zigarette.

„Schuldig weswegen?" hakte Scully sofort nach.

Doch Mulder formulierte es noch deutlicher. „Schuldig wegen Mordes?"

Samuel blickte dem FBI-Agenten direkt in die Augen. „Ja, Sir", erwiderte er leise.

Mulder legte den Kopf schief. Er wirkte skeptisch und interessiert zugleich. „Wie hast du es getan, Samuel?"

Gedankenverloren berührte der junge Mann die schweren Ringe an seinen Fingern, und Mulder fragte sich, ob sie ihm bei der Prügelei geholfen haben mochten. Es sah nicht danach aus.

„Es war Hochmut", erklärte Samuel mit einer Spur von Trotz. „Offenbar waren mein Stolz und meine Schwäche eine Einladung an den Teufel. Ich habe das klare Wasser meines Glaubens getrübt. Meine Gabe wurde beschmutzt."

„Einen Moment mal", warf Scully ein. „Willst du behaupten, du hättest diese Leute durch eine bloße Berührung getötet?"

In Samuel Hartleys Augen leuchtete eine wiedererwachende Kraft auf. Seine Stimme nahm den rhythmischen Tonfall seines Vaters an. „Ich HABE die Kranken GEHEILT", flüsterte er eindringlich. Er streckte die Hände mit den funkelnden Ringen aus. „Ich HABE diese Hände auf die KRANKEN gelegt und ihnen GESUNDHEIT geschenkt. Ich habe sogar die TOTEN berührt und sie ins LEBEN zurückgerufen. Gott hat mir eine besondere GABE verliehen."

Scully gestattete sich ein süffisantes Lächeln. „Hat Gott dir auch diesen Schmuck gekauft?" wollte sie wissen. „Vielleicht gibt es da noch einen Teil in deiner Geschichte, den du uns verschweigst."

Der junge Mann wirkte verletzt. Er drückte die Zigarette aus und ballte seine Hände zu Fäusten. Seine Augen glühten, doch seine Stimme klang liebenswert. „Zweifeln Sie an der Macht Gottes, Ma'am?"

„Nein." Scully schüttelte den Kopf. „Nur an der Wahrhaftigkeit deiner Behauptungen."

Der intensive Ausdruck kehrte in Samuels Augen zurück, und Scully beobachtete ihn voller Faszination. Es war, als wäre in einem leeren Haus das Licht eingeschaltet worden.

„Ich kann die Krankheiten der Leidenden sehen, ihren Krebs", versicherte er. „Ich kann wie durch ein Fenster in ihre Seelen blicken. So wie ich diesen Mann anschauen und den Schmerz sehen kann, der tief in ihm verborgen ist."

Mit einem schnellen Blick in die Runde überprüfte Mulder, ob Samuel auch wirklich ihn meinte.

Offensichtlich.

„Tatsächlich?" fragte er ironisch. „Und was für ein Schmerz ist das?"

Eine kleine Pause trat ein.

Als Samuel Hartley antwortete, war seine Stimme sanft, und er vermied es, dem Agenten in die Augen zu sehen. „Der Schmerz, den Sie wegen eines Bruders verspüren. Oder wegen einer Schwester.“

Mulders Kopf ruckte hoch.

„Es ist ein alter Schmerz“, fuhr Samuel behutsam fort. „Einer, der nie geheilt worden ist.“

Die Gelassenheit in Mulders Miene war verflogen, und er versuchte, seine Betroffenheit hinter einem schiefen Grinsen zu verbergen.

Doch Scully hatte den Stimmungsumschwung ihre Partners bemerkt. „Das ist ein Trick, nicht wahr?“ fragte sie und lehnte sich leicht vor.

„Nein, Ma’am.“ Samuel sah ihr offen in die Augen. „Kein Trick, Ma’am.“

Es wird Zeit, das Gespräch zu beenden, dachte Scully. Zeit, Mulder vor sich selbst zu schützen. „Mulder... ich denke, wir sollten jetzt den Sheriff übernehmen lassen.“

Doch ihr Partner legte ihr eine Hand auf den Arm. „Nein. Warten Sie.“

Er wandte sich wieder an Samuel. „Ich möchte mehr darüber hören. Über den Schmerz.“

Der Junge schloß die Augen. Die Leidenschaft, mit der er vorher gesprochen hatte, war verschwunden, und seine Stimme klang wie die eines Roboters – oder eines Menschen, der in tiefe Trance gefallen ist. „Ich kann es sehen. Glasklar. Es ist Ihre Schwester. Sie haben eine Schwester verloren. Ziemlich jung. Zu jung. Irgend jemand hat sie . . . entführt.“

Mulders Miene blieb ausdruckslos, doch das Zittern seiner Hände verriet seine widerstreitenden Gefühle.

Hastig sprang Scully auf und winkte Sheriff Daniels zu sich. Sie brauchte dringend Unterstützung.

„Was noch?“ bohrte Mulder weiter. Er war jetzt völlig auf den Jungen konzentriert. „Was siehst du sonst noch?“

„Fremde. Ein helles Licht.“

„Sheriff Daniels!“ rief Scully mit wachsender Hilflosigkeit.

Sofort öffnete Samuel die Augen und richtete sie voller Mitgefühl auf Mulder. „Sie hätten früher zu mir kommen sollen“, sagte er beinah entschuldigend. „Dann hätte ich Ihren Schmerz vielleicht heilen können.“

Im nächsten Augenblick trat Sheriff Daniels mit einem Paar Handschellen an den Tisch. „Also gut“, blaffte er. „Bringen wir es hinter uns.“

Mulder fuhr herum. „Geben Sie mir noch eine Minute . . .“

Doch Samuel Hartley war bereits aufgestanden und hatte die Arme auf den Rücken gelegt – er schien es mehr als eilig zu haben, abgeführt zu werden. „Ich fürchte, ich kann Ihnen nicht mehr helfen“, flüsterte er Mulder zu. „Meine Gabe ist verschwunden.“

Regungslos beobachtete Mulder, wie Daniels dem Jungen die Handschellen anlegte. Vor allem in den Innenseiten waren Samuels Hände blutverkrustet, so daß es fast so schien, als trüge er die Stigmata des gekreuzigten Messias.

Der Sheriff und sein Deputy schoben Samuel grob auf den Ausgang zu.

Direkt vor der Tür blieb der junge Mann kurz stehen, drehte sich noch einmal um und reckte sich. „Ich sage Ihnen eins, Mr. Mulder!“ rief er. „Gott beobachtet seine Herde. Er schickt Ihnen jeden Tag Zeichen. Öffnen Sie Ihm Ihr Herz, dann öffnet Er Ihnen vielleicht die Augen!“

Aber Mulder blieb stumm.

Während Scully sich wieder an den Tisch setzte, musterte sie ihren Partner mit wachsender Besorgnis. „Wie, glauben Sie, macht er das?“ fragte sie tonlos.

„Ich weiß es nicht, Scully.“ Hilflos schüttelte Mulder den Kopf. „Ich weiß es nicht.“

Er starrte die Tür an, bis sie sich hinter den beiden Polizisten und ihrem jungen Gefangenen geschlossen hatte.

5

„In Anbetracht seiner makellosen Vorgeschichte und der äußerst fragwürdigen Umstände dieses Falls“, erklärte die Strafverteidigerin, „beantrage ich, meinen Klienten auf Kaution freizulassen.“

Der Richter nickte gewichtig. Er schien ebenfalls der Meinung zu sein, daß der Angeklagte ungefährlich war.

Aufgeregtes Tuscheln der Zuschauer war die Reaktion – die Entscheidung des Richters fand die Zustimmung der Menschen im Gerichtssaal, und selbst der Distriktstaatsanwalt schien einverstanden zu sein.

Merkwürdigerweise war es ausgerechnet der Angeklagte selbst, der widersprach. Während des Plädoyers seiner Anwältin hatte Samuel Hartley immer wieder den Kopf geschüttelt, und als sie ihre Ansprache beendete, sprang er auf.

„Euer Ehren!“ rief er leidenschaftlich. „Es ist keine gute Idee, mich freizulassen!“

Sein Vater, Reverend Hartley, war ebenfalls aufgesprungen. Seine Stimme klang bestürzt. „Samuel! Was sagst du da?“

„Ruhe im Gerichtssaal!“ bellte der Richter und schlug mit dem Hammer auf den Tisch.

Nach einer Nacht in der Gefängniszelle sah Samuel blaß und müde aus. Das eine Auge war immer noch blau angelaufen, und seine Kleidung war zerrissen und schmutzig, doch sein Haar war wie stets makellos gekämmt.

Sein Zeigefinger schoß anklagend vor. „Euer Ehren, wenn Sie mich gehen lassen, tragen Sie die Verantwortung für die nächste Katastrophe!"

Bei diesen Worten keuchten die anwesenden Zuhörer entsetzt auf, abgesehen von Mulder und Scully, die ruhig auf der Zuschauertribüne saßen.

„Ich habe so etwas erwartet", flüsterte Mulder. „Und Reverend Hartley offensichtlich auch."

Er deutete auf die erste Reihe, wo der Prediger wieder neben Leonard Vance Platz genommen hatte. Selbst hier im Gericht hatte sich Vance von seinem schwarzen Hut, den Handschuhen und der dunklen Sonnenbrille nicht trennen können.

Rumms! Erneut ließ der Richter seinen Hammer niedersausen, und es wurde wieder ruhig im Saal.

„Das reicht!" rief er. „Dies ist nicht Ihre Kanzel, junger Mann, sondern ein Gerichtssaal. Haben Sie das verstanden?"

Seine Augen suchten die des Wunderheilers. Und es war Samuel, der den Blick zuerst abwandte.

„Äh . . . ja, Sir. Euer Ehren."

Nachdem Samuel sich wieder hingesetzt hatte, erhob sich der Ankläger. „Euer Ehren, obwohl der Angeklagte ein Schuldgeständnis abgelegt hat, sehen wir keinen Grund, dem County die Haftkosten bis zur eigentlichen Verhandlung aufzubürden."

Der junge Mann machte Anstalten, erneut zu protestieren, doch seine Verteidigerin hielt ihn mit einem strengen Blick zurück.

„Aber wir fordern eine Mindestkaution von hunderttausend Dollar", fuhr der Anklagevertreter unbeirrt fort.

„Das ist so gut wie nichts für Hartley", raunte Mulder Scully zu.

Der Richter verscheuchte eine lästige Fliege und warf der Verteidigerin einen fragenden Blick zu.

Die Frau nickte zustimmend.

„Die Kaution wird auf hunderttausend Dollar festgesetzt", verkündete der Richter. „Der Betrag ist sofort auf das Gerichtskonto einzuzahlen, wo er zu verbleiben hat, bis ..."

Er schlug nach einer weiteren Fliege, die sich jedoch nicht vertreiben ließ. Als er genauer hinsah, bemerkte er, daß der Quälgeist gar keine Fliege war. Es war ein viel größeres Insekt. Eine Heuschrecke.

Das Tier krabbelte den Ärmel seiner Robe hinauf. Der Richter wischte es weg – doch da war schon eine zweite Heuschrecke.

Und noch eine und schon wieder eine ...

Dann fiel sein Blick auf die Sitzbank, die von Heuschrecken nur so wimmelte. Es waren Hunderte, die sich direkt aus der Luft heraus zu materialisieren schienen.

Tausende!

„Mein Gott, was ist das?“ Die Stimme des Richters überschlug sich. Er sprang auf und stürzte aus dem Raum, wobei er wild um sich schlug.

Die Gerichtsreporter ließen ihre Kameras fallen, fuhren panisch über ihr Haar und ihre Kleidung und suchten ebenfalls das Weite.

Im gleichen Augenblick zuckte ein Wachtposten erschrocken zusammen, als er instinktiv nach seiner Waffe griff und feststellen mußten, daß die Insekten auch auf dem Kolben der Pistole herumkrabbelten.

Heuschrecken, wohin man sah. Zu Hunderten. Zu Tausenden.

Sie krochen über die Wände und den Boden, das trockene Sirren ihrer Flügel erfüllte die Luft.

Auch Scully und Mulder sprangen auf und schüttelten die aggressiven Tiere von ihren Schuhen. Mulder streifte ein Insekt von seiner Krawatte und half Scully eine Handvoll krabbelnder Angreifer aus ihrem Haar zu entfernen.

Allmählich wurde der Raum dunkel vor schwirrender Insekten. Der Gerichtsdiener eilte zum Fenster, um es zu schließen – doch es war überhaupt nicht geöffnet gewesen.

Wo kommen diese Viecher her? Mulder kniff die Augen zusammen.

Samuel Hartley wußte es ... oder glaubte es zumindest zu wissen. Mit weit ausgebreiteten Armen stand er da, sein Gesicht und seine Hände waren mit Massen krabbelnder Heuschrecken bedeckt.

„Was muß noch alles geschehen, bis ihr endlich GLAUBT?“ brüllte er den fliehenden Zuschauern hinterher. „SEHT ihr denn nicht mit eigenen Augen, was PASSIERT? Der Herr selbst legt ZEUGNIS gegen mich ab!“

Niemand hörte ihm zu. Panik machte sich breit, während die Leute zum Ausgang stürzten, Heuschrecken aus ihrem Haar und ihrer Kleidung schlugen und sie zu Dutzenden unter ihren Sohlen zerquetschten.

„Mulder, lassen Sie uns von hier verschwinden!“ rief Scully und packte ihren Partner am Arm.

Er folgte ihr zur Tür, ohne den Blick von Samuel Hartley zu wenden, der allein vor der Richterbank stand und noch immer hinter seinen fliehenden Anhängern hinterherschrie.

„Muß euch erst eine SCHLANGE beißen, damit ihr endlich begreift?“

Neben der Tür stand Sheriff Daniels. Er war der einzige, der inmitten des allgemeinen Tumults ruhig und gelassen wirkte. Ein paar Heuschrecken krabbelten auf seiner Uniform herum, doch er machte sich nicht einmal die Mühe, sie fortzuwischen.

Reverend Hartley und Leonard Vance stolperten an ihm vorüber. Als er den Sheriff bemerkte, verharrte der Reverend einen Augenblick – mehrere Sekunden lang starrten sie einander unversöhnlich an. Keiner von ihnen sagte ein Wort.

Dann verließen der Prediger und der Mann in Schwarz den Gerichtssaal und suchten inmitten der Menschenmenge das Weite.

6

Mit seinen muskulösen Beinen, den riesigen Kiefern und den Facettenaugen sah das Tier wie ein Ungeheuer aus, wie ein Monster aus einem gelungenen Horrorstreifen . . .

Ohne das Vergrößerungsglas stimmten die Dimensionen wieder.

Scully betrachtete das Insekt noch eine Weile ohne technische Hilfsmittel, dann hob sie es mit einer Pinzette auf und ließ es in eine gläserne Dose fallen, deren Deckel sie fest zuschraubte.

Ein Beweisstück, dachte sie. *Aber ein Beweis wofür?*

Mulder stand vor der Tür. Sein Hotelzimmer lag direkt neben dem seiner Partnerin, und da die Tür offenstand, trat er ein, ohne anzuklopfen, und ließ sich auf das Bett fallen.

Mit lauter Stimme begann er aus der Bibel vorzulesen, die er in seinem Zimmer gefunden hatte. „Und die Heuschrecken bedeckten das Antlitz der gesamten Erde, so daß sich das Land verfinsterte . . .“

Scully drehte sich zu ihm um. „Kommen Sie, Mulder. Ein paar tausend Grashüpfer ergeben noch lange keine biblische Plage.“

Seufzend klappte Mulder die Bibel zu und hob demonstrativ die Schultern.

„Außerdem befinden wir uns hier im Land der Farmen und Felder", fügte Scully hinzu. „Diese Gegend ist der reinste Leckerbissen für diese Art von Ungeziefer."

„Sicher, in einem Maisfeld", hielt Mulder dagegen. „Aber was wir heute erlebt haben, ist mitten in einem Gerichtssaal mit geschlossenen Fenstern und Türen passiert."

„Und was passiert als nächstes?" stichelte Scully. „Die Opferung der Erstgeborenen?"

Mulder verzichtete auf eine Antwort. Mit leicht hängenden Schultern saß er auf dem Bett und musterte seine Partnerin, die geschlossene Bibel in der einen Hand. In der anderen hielt er einen dicken Manilaumschlag.

Scullys Miene wurde weicher. „Mulder, liegt es daran, was Samuel gestern abend in der Bar gesagt hat? Über Ihre Schwester?"

Mulder hatte seine Schwester verloren, als er noch ein Junge gewesen war. Er behauptete, gesehen zu haben, daß sie von Fremden – Außerirdischen – entführt worden war... fortgetragen von einem hellen Licht. Mulders Faszination für die X-Akten hatte ihren Ursprung in dieser ungeklärten Tragödie. Doch statt auf Scullys Frage einzugehen, reichte er ihr den Umschlag.

„Ich habe mir diese Patientenakten aus dem Kenwood County Hospital schicken lassen“, erklärte er. „Es sind medizinisch bestätigte Fälle der Patienten, die zu Samuel gegangen sind, nachdem alle konventionellen Behandlungsmethoden versagt hatten.

„Und?“ Scully nahm den Umschlag nur zögernd entgegen.

„Werfen Sie einen Blick hinein.“

Sie blätterte die Unterlagen durch und zitierte laut: „Spontane Rückbildung metastasischer Krebsgeschwüre... Regeneriertes Nervenwachstum nach posttraumatischer Paraplegie...“

„Ich bin in den X-Akten auf Tausende von Geistheilern gestoßen“, unterbrach Mulder seine Partnerin. „Aber ich habe noch nie etwas Vergleichbares gesehen.“

„Und was heißt das?“

„Ich halte diesen Burschen für echt.“

Überrascht hob Scully den Kopf. Das war das letzte, was sie jetzt hören wollte.

Sie schlug den Ordner zu und gab ihn Mulder zurück. „Ich gebe zu, daß es seltsam ist. Aber... Mulder, es gibt eine ganze Bibliothek mit medizinischer Literatur, die sich mit unerklärlichen Heilungen befaßt.“

Doch Mulder ließ sich nicht beirren. Er erhob sich und begann, ruhelos auf und ab zu gehen. „Die westliche Medizin behandelt den menschlichen Körper nach biochemischen Gesichtspunkten“, dozierte er, „aber der Körper kann auch als ein elektromagnetisches System betrachtet werden ...“

„Und Ihre Theorie“, fiel ihm Scully ins Wort, „läuft darauf hinaus, daß, *wenn* Samuel dieses Energiefeld zur Heilung anregen kann, er vielleicht auch in der Lage ist, Menschen zu töten, indem er es zerstört.“

„Warum nicht?“

Scully dachte einen Moment lang nach. Dann zuckte sie die Achseln. „In Ordnung, nehmen wir einmal an, Sie hätten recht. Angenommen, Samuel *könnte* durch bloße Berührung töten. Aber das beantwortet immer noch nicht die entscheidende Frage, und die lautet: *Warum?* Warum sollte er diese Leute umbringen wollen?“

Ratlos hob Mulder die Hände. „Sie haben ihn gehört, Scully. Er hat gesagt, er hätte ‚das Wasser seines Glaubens beschmutzt‘.“

„Das ist reine Phrasendrescherei!“ hielt ihm Scully verärgert vor. „Was soll das denn schon bedeuten?“

In diesem Augenblick klopfte es.

Mulder warf Scully einen kurzen Blick zu, dann ging er zur Tür hinüber und öffnete sie.

Er sah einen schwarzen Hut, einen schwarzen Mantel, eine dunkle Sonnenbrille und gräßlich vernarbte Haut, die so weiß wie der Bauch eines toten Fisches war.

Leonard Vance deutete eine leichte Verbeugung an. „Wenn Sie einen Moment Zeit haben, würde der Reverend Sie gern sehen.“

Ohne weitere Fragen griffen die beiden FBI-Agenten nach ihren Mänteln und folgten Vance.

Das Hotelzimmer blieb stumm und verlassen hinter ihnen zurück.

Staubpartikel tanzten in der Luft.

Und die Heuschrecken, die noch immer in dem Glasbehälter neben der zugeschlagenen Bibel herumkrabbelten, summten ihre eigene bizarre Weise.

7

Reverend Hartleys Wunderheilungskirche hatte sich auch in weltlichen Gütern bezahlt gemacht. Das Anwesen der Hartleys war fast so groß wie Graceland, Elvis' berühmter Wohnsitz in Memphis.

Während der lange gewundene Zufahrtsweg von stattlichen Eichen gesäumt wurde, zierten die Vorderseite des Hauses riesige weiße Säulen. Sechs Cadillacs standen sorgfältig aufgereiht neben dem Hauseingang, und ein Bediensteter war schon seit Stunden dabei, sie auf Hochglanz zu polieren.

Als er gerade mit einer weiteren Motorhaube fertig war, fuhr ein siebter Cadillac vor und hielt hinter den anderen Wagen. Leonard Vance stieg aus, gefolgt von Mulder und Scully.

Vance führte die beiden FBI-Agenten ins Haus. Sie stiegen eine breite Treppe hinauf und betraten ein geräumiges, elegant eingerichtetes Büro, dessen Fenster auf den Vorrasen hinausgingen.

Reverend Hartley saß hinter seinem Schreibtisch. Er erhob sich, um Mulder und Scully zu begrüßen, und schickte Vance mit einer lässigen Handbewegung fort. Dezent nickend zog sich der

Mann mit dem vernarbten Gesicht zurück und schloß die Tür hinter sich.

„Ich habe in letzter Zeit unter großem Druck gestanden“, bekannte Hartley. „Ich hoffe, Sie haben die Güte, mir mein unfreundliches Benehmen von gestern zu vergeben.“

Scully und Mulder musterten ihn ausdruckslos. Schon an der FBI-Akademie war ihnen beigebracht worden, ihre Mienen zu undurchdringlichen Mauern zu machen.

Und den richtigen Zeitpunkt zu erkennen, an dem man seine Karten ausspielen mußte.

„Warum wollten Sie uns sprechen?“ erkundigte sich Mulder knapp.

Die Frage traf Hartley unvorbereitet. Mit schleppenden Bewegungen nahm er wieder Platz und suchte den Blick der beiden Agenten. Überrascht stellte Scully fest, daß der Kummer und die Sorgen in seinem Gesicht echt zu sein schienen.

„Ich brauche Ihre Hilfe“, sagte Hartley schließlich.

„Samuel wird wegen Mordes vor Gericht stehen“, erwiderte Mulder kalt. „Was Sie brauchen, ist einen guten Anwalt.“

„Samuel ist unschuldig!“

„Was macht Sie so sicher?“

„Weil ...“ erwiderte Hartley lahm, „weil er mein Sohn ist!“

„Irgendwie glaube ich kaum, daß dieses Argument das Gericht beeindrucken wird“, spottete Mulder. „Und Samuels Geständnis wird auch nicht weiterhelfen.“

„Das Geständnis ist bedeutungslos“, beteuerte der Reverend. Hilfesuchend wanderte sein Blick von Mulder zu Scully. Er seufzte. „Sie müssen wissen, daß Samuel ein sehr komplizierter junger Mann ist.“

„In welcher Beziehung?“ fragte Scully.

„Er fühlt Dinge, die niemand sonst fühlen kann“, begann Hartley. „Er spürt das Leid der anderen. Seine Sensitivität ist sehr groß, besonders Schmerzen gegenüber. Für Samuel ist ein Nadelstich wie eine klaffende Wunde ...“

„Wollen Sie damit sagen, daß er auch die Schuld anderer Menschen auf sich nimmt?“ unterbrach ihn Mulder.

Hartley antwortete nicht direkt. „Seine besondere Kraft kommt aus seiner Fähigkeit, Dinge zu fühlen“, fuhr er fort. „Aber einige Leute fürchten sich vor dieser Kraft. Und in ihrer Angst versuchen sie, ihn zu vernichten.“

„Sheriff Daniels. Sie meinen Sheriff Daniels, nicht wahr?“ warf Schully ein.

Der Reverend nickte. „Unter anderem.“ Einen Moment lang zögerte er, als überlege er, wieviel er den FBI-Agenten anvertrauen durfte. „Es ist kein Geheimnis, daß Sheriff Daniels versucht, mein

Zelt schließen zu lassen, seit ich es vor zehn Jahren aufgebaut habe."

„Er scheint Ihre Kirche für einen Schwindel zu halten."

„Dieser Mann hat keinen Glauben, Agent Scully!" brach es aus Reverend Hartley hervor. „Er ist ein ungläubiger und verbitterter Mann. Seine arme Frau leidet unter einer äußerst schmerzhaften Arthritis... ihre Finger sind verkrümmt wie knorrige Wurzeln. Trotzdem weigert er sich, ihr von Samuel helfen zu lassen."

Scully bemühte sich, ihren neutralen Gesichtsausdruck beizubehalten. „In Anbetracht der Ereignisse kann ich ihm das nicht einmal verübeln."

Hartley schüttelte den Kopf, die Stirn in tiefe Kummerfalten gelegt. „Ich weiß nicht, wieso diese armen Leute gestorben sind, ich kann nicht erklären, was da passiert ist... Deshalb bitte ich Sie, heute abend anwesend zu sein. Damit Sie sich überzeugen können, daß Samuel Gottes Werk tut. Wie ist es? Kommen Sie?"

„Ich wüßte nicht, was dagegen spricht", erwiderte Scully nach kurzem Zögern. „Was meinen Sie, Mulder? Mulder?"

Doch Mulder hörte sie nicht. Eine Sekunde zuvor hatte er durch das Fenster eine seltsame Erscheinung gesehen.

Auf dem Vorrasen stand ein Mädchen in einem roten Kleid.

Ein noch sehr junges Mädchen in einem sehr roten Kleid.

In einem Kleid, wie es seine Schwester getragen hatte, vor so langer Zeit . . .

Sie überquerte die große Rasenfläche, und Mulders Augen folgten ihr wie gebannt.

„Mulder!“ wiederholte Scully.

„Entschuldigen Sie mich“, murmelte er abwesend.

Ohne seine verblüffte Partnerin und den Reverend weiter zu beachten, eilte er aus dem Büro hinaus und die Treppe hinunter, wobei er immer zwei Stufen auf einmal nahm.

Er stürzte durch die Eingangstür ins Freie, blinzelte im hellen Sonnenlicht und sah sich suchend um.

Der Vorrasen war menschenleer.

„Wo ist sie hin?“ fragte er den Mann, der die Limousinen in der Einfahrt polierte.

„Wer?“

„Das kleine Mädchen in dem roten Kleid.“

Der Mann sah Mulder verwirrt an. „Hier war kein kleines Mädchen.“

Plötzlich hatte Mulder das Gefühl, als striche ihm ein kalter Hauch über den Nacken. Er blickte auf und entdeckte Samuel Hartley, der aus einem Fenster im Obergeschoß zu ihm hinunterstarrte.

„Mulder?“

Er fuhr herum. Scully war auf die Veranda getreten, und ihr Gesicht spiegelte aufrichtige Besorgnis. „Was ist los, Mulder?“

„Ein Mädchen ...“

„Mulder, wovon sprechen Sie?“

„Da war ein kleines Mädchen“, erwiderte Mulder und versuchte, seine Fassung wiederzugewinnen. „Aber jetzt ... ist sie nicht mehr da.“

Er hob den Kopf und sah erneut zu dem Fenster hinauf, aus dem Samuel ihn beobachtet hatte.

Doch das Fenster war leer, und auch Samuel Hartley war verschwunden.

8

„Bedient euch!“

Leonard Vances vernarbtes Gesicht unter dem schwarzen Hut und der dunklen Brille war zu einer Grimasse verzogen, die ein Lächeln hätte sein können. Direkt am Eingang des Kirchenzelts hatte er Posten neben einem Tisch voller Pappbecher mit Coke und Pepsi bezogen.

Freiwillige Helfer teilten Erfrischungen an die Gläubigen aus, die in das Zelt strömten, um den jungen Wunderheiler zu sehen, von dem sie schon so viel gehört hatten.

„Greift zu!“ rief Vance, während er den Neuankömmlingen Getränke reichte. „Laßt die Leute in den Rollstühlen durch. So ist es richtig! Kommt ganz nach vorn! Nur keine Schüchternheit! Gott der Herr hilft denen, die sich selbst helfen!“

Dann drängte er sich durch die Menge auf einen Rollstuhl zu, der von einem älteren Paar geschoben wurde. In dem Stuhl saß eine attraktive, ungefähr dreißigjährige Frau.

„Willkommen in der Wunderheilungskirche“, deklamierte Vance und drückte der jungen Frau einen Pappbecher mit Cola in die Hand. „Seid ihr alle gekommen, um Samuel heute abend zu sehen?“

Die Frau im Rollstuhl nickte verkrampft.

„Ja“, antwortete die ältere Frau an ihrer Stelle. „Meine Tochter hatte Angst, er würde nicht da sein. In den Zeitungen . . .“

„Ihr dürft nichts darauf geben, was in den Zeitungen steht“, versicherte Vance. „Gottes Werk wird getan werden. Der junge Samuel wird heute abend hier sein, um den Teufel auszutreiben und die Kranken zu heilen.“

Der ältere Mann beugte sich zu seiner Tochter hinunter und legte ihr voller Zärtlichkeit eine Hand auf die Schulter. „Hast du gehört, Liebling?“

„Wird er auch zu mir kommen?“ wisperte die junge Frau. Hilfesuchend sah sie zu Leonard Vance auf. Sein entstelltes Gesichtt schien sie weder abzustoßen noch zu irritieren.

„Ich verspreche dir, ich werde versuchen, ein besonderes Wort für dich einzulegen“, erwiderte Vance gönnerhaft. „Wie heißt du, meine Liebe?“

„Margaret Hohman.“ Die Stimme der jungen Frau war kraftlos und zitterte ein wenig.

„Und wir sind ihre Eltern“, fügte der ältere Mann hinzu, dessen Hand noch immer auf Margarets Schulter ruhte.

Vance beugte sich vor. „Margaret, du wartest hier. Ich kümmere mich darum, dir einen Platz in der ersten Reihe zu besorgen.“ Zum Abschied tätschelte er ihr beruhigend die Hand.

Als er sich abwandte, um sich seinen Weg durch die Menge zu bahnen, blickte Margaret ihm lächelnd und voller Hoffnung nach.

Hinter der Bühne lächelte Reverend Hartley ebenfalls. Er strahlte voller väterlichem Stolz, während er Samuel den Kragen richtete.

Der Junge versuchte, sich ihm zu entziehen, doch der Prediger ignorierte die abwehrende Haltung seines Sohnes. „Wir beide sind Diener Gottes, Samuel. Wie sollen diese Leute an dich glauben, wenn du selbst nicht an dich glaubst?"

„An mich glauben?" Gereizt schob Samuel die Hände seines Vater fort. „Nach allem, was geschehen ist?"

„Gott prüft unser aller Glauben. Und weil Er dich erwählt hat, in Seinem Namen zu wirken, hat Er dir die schwerste Prüfung von allen auferlegt. Er prüft deinen Glauben in dich selbst. Verleugne deine Gabe nicht, Samuel."

„O Mann!" stöhnte Samuel verbittert auf.

„Alle Predigten dieser Welt können nicht einmal ein einziges kleines Wunder aufwiegen", fuhr Hartley sanft und inbeirrbar fort, „um den Glauben und die Hoffnung dieser Menschen zu stärken."

In diesem Augenblick trat Leonard Vance zu ihnen. Sofort ergriff Hartley seine Hand und zog ihn zu Samuel hinüber. „Laß diesen Mann, dessen Leben du gerettet hast, heute abend Zeugnis ablegen, Samuel. Laß ihn Zeugnis über deine heilenden Kräfte ablegen."

Samuels Blick richtete sich auf Vance, doch der verbrannte Mann blieb stumm, und die dunkle Brille verbarg seine Augen. Schließlich streckte der Vernarbte seine behandschuhte Rechte aus und rüttelte den Jungen aufmunternd an der Schulter. „Sie warten auf dich, Samuel."

In dem großen Zelt dröhnte die Orgelmusik immer lauter aus den Lautsprechern.

Die meisten Stühle waren bereits mit dem üblichen, buntgemischten Publikum besetzt: Alte und Junge, Schwarze und Weiße, arm und reich. Einige der Menschen weinten vor Ergriffenheit, andere lachten vor lauter unterdrückter Erregung. Einige klatschten rhythmisch in die Hände, andere trampelten mit den Füßen.

Und alle warteten sie darauf, daß Samuel die Bühne berat. Daß die Wunder begannen.

Die beiden ersten Reihen, in denen auch Margaret Hohman einen Platz gefunden hatte, waren den Rollstuhlfahrern vorbehalten. Hinter und zwischen den Rollstühlen standen andere, auf Krücken gestützte Gläubige, die das jahrelange Leid in ihren Augen nicht mehr verstecken konnten – und doch waren auch sie voller Hoffnung.

Unmittelbar hinter dem Eingang hatten Sheriff Daniels und sein Deputy Stellung bezogen. Der

Takt der Musik ließ den Deputy mit dem Fuß wippen, doch als er den mißbilligenden Blick seines Vorgesetzten bemerkte, erstarrte der junge Mann von einer Sekunde auf die andere.

Zusammen mit den letzten Besuchern betraten Mulder und Scully das Zelt. „Lassen Sie uns einen Platz suchen“, flüsterte Scully.

Kaum hatten sie sich gesetzt, als auch schon eine bereits gut gefüllte Kollektenschale die Runde machte.

Scully reichte sie weiter. „Offensichtlich sind Wunder nicht gerade billig zu haben“, raunte sie Mulder zu.

Mulder nickte abwesend und legte einen zusammengefalteten Dollarschein in die Schale. Scully stutzte und fragte sich, ob er seinen Sinn für Humor verloren hatte. Allem Anschein nach fing ihr Partner an, diese ganze Wunderheilungsgeschichte ernstzunehmen. Bevor sie ihn jedoch darauf ansprechen konnte, riß sie ein Jubelschrei aus ihren Gedanken.

„Halleluja!“

Als Reverend Hartley auf der Bühne erschien, breitete sich der Ruf wie ein Lauffeuer aus. Wie immer sah der Prediger makellos gepflegt aus, die Ringe an seinen Fingern funkelten, und sein Haar glänzte.

„Ich danke euch für euer Kommen! Gott segne euch! Ja! Halleluja!“

Das Geschrei der Menge ebbte ab.

„Gott ist HEUTE abend unter uns!“ intonierte Reverend Hartley, und seine Stimme nahm den gewohnten hypnotischen Rhythmus an. „Ich kann Seine Anwesenheit SPÜREN! O JA!“

„Ja! Ja!“ hallte es voller Inbrust zurück.

„Und er ist hier, um zu HEILEN! O JA!“

Voller Hoffnung sprangen die Menschen auf, der letzte Ruf des Predigers hatte sie von den Stühlen gerissen. Andere schwenkten ihre Krücken durch die Luft, und die Gelähmten in den Rollstühlen hoben die Arme.

Reverend Hartley lief auf der Bühne auf und ab und gestikulierte mit dem Mikrophon. „Hier ist ein Mann, den ich Euch VORSTELLEN möchte“, fuhr er beschwörend fort. „Ein MANN, der das Antlitz GOTTES geschaut hat, der aber noch nicht BEREIT war, an den ORT zu gehen, der für uns VORBEREITET ist. Nein, Gott hatte noch ARBEIT für diesen BRUDER hier unter den Lebenden. O JA!“

„O ja!“ wiederholte die Gemeinde.

„Ich stehe hier als ZEUGE dieses Wunders. Er ist ein moderner LAZARUS. Ich habe GESEHEN, wie dieser Mann aus dem dunklen REICH des Todes zurückgekehrt ist! Ja!“

„Ja ... Ja!“ Die Menschen seufzten und schaukelten rhythmisch hin und her.

„Er ist heute abend hier als lebendiges ZEUGNIS von Gottes wunderbarer LIEBE! Ja!“

„Ja . . . Ja . . . Ja!“

Nach einer kurzen dramatischen Pause trat Leonard Vance aus dem Schatten hervor auf die hell erleuchtete Bühne, und für einen Augenblick schien das tiefe Schwarz seiner Kleidung selbst das grelle Licht zu schlucken.

„Ladies und Gentlemen, hier ist Leonard VANCE!“ verkündete Reverend Hartley.

Vance verbeugte sich, ließ den Applaus und die Halleluja-Rufe über sich ergehen, doch nahm er weder Hut noch Sonnenbrille ab.

Hartley reichte ihm das Mikrophon.

Die Stimme des schwarzgekleideten Mannes war ruhiger als die des Predigers, und die Leute beugten sich vor, um ihn besser hören zu können.

„Wie es bei Johannes, Kapitel drei, heißt: ‚Kein Mensch kann diese Wunder vollbringen, wenn Gott nicht mit ihm ist.‘ Dieser Mann, dem ich mein Leben verdanke, ist Samuel Hartley. Er war noch ein kleiner Junge, als er mich gerettet hat. Und heute abend ist er als junger Mann hier, um euch zu heilen! Um euch zu reinigen! Um euch mit Gottes heiliger Gnade zu berühren!“

Ein Jubelschrei aus tausend Kehlen war die Antwort, und Samuel Hartley betrat die Bühne. Der Applaus verwandelte sich in ein rhythmisches Klatschen und Stampfen.

„Ja! Ja! Halleluja!“

Fasziniert verfolgten Mulder und Scully das

Geschehen, bis eine Bewegung in seinem rechten Augenwinkel Mulders Aufmerksamkeit erregte. Er drehte den Kopf und spähte zwischen den Menschen hindurch.

Es war ein Mädchen. Ein kleines Mädchen.

In einem roten Kleid.

Und es sah ihn direkt an.

Er stemmte sich aus seinem Stuhl hoch und spurtete in Richtung Mittelgang.

„Mulder!“ rief ihm Scully hinterher.

„Bin gleich wieder da . . .“

Dann war er in der Menge verschwunden.

In der Zwischenzeit hatte Samuel die Bühne verlassen und ging an der ersten Zuschauerreihe entlang.

Die Leute in den Rollstühlen warteten mit geschlossenen Augen, die Arme wie triumphierend hochgereckt.

Während er langsam die Reihe abschritt, legte Samuel jedem der Rollstuhlfahrer die Hand auf die Stirn – und das Lächeln aller, die er berührte, wurde breiter und tiefer.

„Habt Glauben“, murmelte Samuel. „Habt Hoffnung. Seid geheilt.“

Auf der Suche nach dem kleinen Mädchen schob sich Mulder durch die wild klatschende Menge und blickte sich immer wieder nach allen Seiten um.

Er sah Sheriff Daniels, der die Gläubigen mit verbissener Miene musterte ... doch kein kleines Mädchen.

Er sah den Deputy, dessen rechter Fuß wie hypnotisiert dem Takt der Musik folgte ... doch kein kleines Mädchen.

Er sah Scully, die nach wie vor verblüfft wirkte ... doch kein kleines Mädchen.

Er sah Reverend Hartley und Leonard Vance auf der Bühne, die die singenden und jubelnden Menschen animierten.

Er sah Samuel Hartley, der die Reihe mit den Rollstühlen abschritt und jedem der Gelähmten die Hände auflegte.

Doch kein kleines Mädchen.

Mulder bückte sich und schaute unter den Stühlen nach. Leuchtete dort hinten nicht ein rotes Kleid?

In diesem Augenblick verstummte der Jubel der Menge – und entsetzte Schreie wurden laut.

Als Scully die Schreie hörte, sprang sie auf und kämpfte sich zur Bühne vor.

Samuel Hartley stand über Magaret Hohman gebeugt. Die junge Rollstuhlfahrerin wurde von Krämpfen geschüttelt und schlug voller Panik um sich. Mühsam wie ein Fisch auf dem Trockenen schnappte sie nach Luft, während ihre Mutter die Hände rang und ihr Vater vergebens versuchte, ihr auf irgendeine Weise zu helfen.

Erstarrt beobachtete Samuel das Geschehen, mit hängenden Schultern, doch die schmalen Hände zu Fäusten geballt.

Hinter ihm auf der Bühne standen Leonard Vance und Reverend Hartley, ebenfalls zu Salzsäulen erstarrt. Sie hatten aufgehört, die Menge anzufeuern, und verfolgten Margaret Hohmans Todeskampf mit stummer Fassungslosigkeit.

„Bleibt zurück!“ Hartley kam als erster zu sich. „Bleibt ruhig, Leute! Verschafft der Frau etwas frische Luft!“

Mittlerweile hatte Scully die erste Zuschauerreihe erreicht und ging neben dem Rollstuhl auf die Knie. „Bitte, machen Sie Platz! Ich bin Ärztin.“

Die Eltern der Gelähmten wichen zurück, damit sich die unbekannte Frau um ihre Tochter kümmern konnte. Der Anblick, der sich Scully bot, übertraf ihre schlimmsten Befürchtungen. Margaret Hohman rang nicht mehr nach Luft. Der Kopf war zur Seite gesunken, ihre Augen standen weit offen. Von Sekunde zu Sekunde nahm ihr Gesicht eine blauere Färbung an.

„Wir brauchen einen Krankenwagen! Sofort!“ schrie Scully.

Als sie aufblickte, bemerkte sie Mulder, der sich durch die Menschenmenge schob. Hinter ihm entdeckte sie Sheriff Daniels, dessen Miene auf eine seltsame Weise grimmige Befriedigung ausstrahlte

– jetzt, nachdem das von ihm befürchtete Unheil eingetreten war.

Samuel zog sich langsam zurück, bis er wieder zwischen seinem Vater und Leonard Vance stand: Die beiden Männer packten ihn an den Armen und zerrten ihn eilig von der Bühne.

Während Scully die Finger auf Margaret Hohmans Handgelenk legte und nach dem Puls suchte, hockte sich Mulder neben sie und verfolgte ihre Handgriffe mit besorgter Miene.

Nach einigen endlosen Sekunden hob sie den Kopf und sah erst zu den entsetzten Eltern auf, bevor sich ihr resignierter Blick schließlich auf Mulder richtete.

„Sie ist tot“, sagte sie leise.

9

Es war eine ruhige Nacht, zumindest im Inneren des Krankenhauses von Kenwood County.

Draußen strömten TV-Kameraleute und Zeitungsreporter zusammen und richteten ihre Scheinwerfer und Kameras auf eine Gruppe Demonstranten, die sich mit brennenden Kerzen zu beiden Seiten des Haupteingangs aufgebaut hatten.

Es war Reverend Hartleys Gemeinde, doch von dem Prediger selbst war nichts zu sehen. Leonard Vance stand vor der Menge. Nach wie vor war er ganz in Schwarz gekleidet und rief mit lauter Stimme:

„Wenn Sie den Leichnam entweihen, zerstören Sie die Seele! Der Körper ist der Tempel des Herrn. Wer sind Sie, daß Sie es wagen, diesen Tempel niederzureißen? Selbst im Tod ist der Körper noch heilig. Lassen Sie den Leichnam der Frau unversehrt! Schänden Sie den Tempel des Herrn nicht!“

„Amen“, antwortete die Menge.

„Amen, zum Teufel“, flüsterte ein TV-Kameramann, der die Szene für die Spätnachrichten ausleuchtete. „Es ist längst noch nicht vorbei.“

Im Wartezimmer des zweiten Stocks saß Margaret Hohmans Mutter in einem schäbigen orangefarbenen Sessel. Sie weinte leise, überwältigt von dem größten Leid, das einer Mutter widerfahren kann – die Trauer darüber, das eigene Kind überlebt zu haben.

Die Stimmen der Demonstranten vor dem Krankenhauseingang drangen undeutlich bis in das Wartezimmer hinauf. „Glaube ... Tempel ... amen ... heilig ... amen ... Gefäß ...“

Margaret Hohmans Vater hingegen zeigte keinerlei Gefühlsregung. Seine hageren Gesichtszüge waren zu einer Maske des Verlusts und der Leere erstarrt. Mit Mulder und Scully hatte er sich ans andere Ende des Zimmers zurückgezogen, wo seine Frau das Gespräch nicht mit anhören mußte.

„Ich weiß, daß Reverend Hartley Sie unter Druck zu setzen versucht“, sagte Scully gerade. „Aber dies ist der dritte Todesfall mit einer direkten Verbindung zu seiner Wunderheilungskirche. Wir brauchen Ihre Hilfe.“

Mr. Hohman hörte ihr mit ausdrucksloser Miene zu, dann breitete er die Arme zu einer hilflosen Geste aus. „Reverend Hartley lehrt, daß eine Autopsie gegen die Schrift verstößt.“

„Kommt ganz auf die Schrift an“, murmelte Mulder.

Scully brachte ihren Partner mit einem Seitenblick zum Schweigen und wechselte die Taktik.

„An welcher Krankheit hat Ihre Tochter gelitten, Mr. Hohman?“

„Sie hatte multiple Sklerose.“

„Hatte sie jemals vorher einen solchen Anfall?“

„Nicht, soweit ich wüßte.“

„Ich bin selbst Ärztin“, erklärte Scully. „Und ich vermute, daß ihr Anfall auf eine Art Embolie oder ein Aneurysma hindeutet. Vielleicht sogar auf eine Vergiftung.“

Mr. Hohman wirkte zunehmend verwirrt. „Der Junge hat doch nur ihre Stirn berührt!“ protestierte er.

Scully nickte. „Ich weiß. Aber sind Sie damit zufrieden, Ihre Tochter zu begraben, ohne den wahren Grund für ihren Tod zu erfahren? Ohne je zu wissen, ob vielleicht ein Verbrechen im Spiel war?“

„Nein“, erwiderte Margarets Vater müde und drehte sich zu seiner Frau um, die noch immer zusammengesunken in ihrem Sessel saß. Ihr Körper wurde von stummen Schluchzern geschüttelt.

„Nein“, wiederholte Mr. Hohman. „Aber bitte ... geben Sie uns noch ein bißchen Zeit.“

Während der Mann zu seiner Frau hinüberging, sich neben sie kniete und die Arme um sie legte, zogen sich die Agenten diskret zurück.

Mit einem Nicken deutete Mulder auf den Gang. Sie entfernten sich weit genug, um unbelauscht miteinander reden zu können.

„Glauben Sie wirklich, daß der Junge sie getötet hat?“ erkundigte sich Mulder.

„Nein.“

„Und warum nicht?“

Scully sah zu dem trauernden Ehepaar hinüber. „Ich wurde katholisch erzogen, Mulder. Ich kenne mich einigermaßen aus mit der Heiligen Schrift.“

„Und?“

„Gott läßt sich nicht vom Teufel die Show stehlen.“

Mulder lächelte. „Dann muß Ihnen der *Exorzist* gefallen haben.“

„Einer meiner Lieblingsfilme.“

Übergangslos wurde Scully wieder ernst. Schon vor langer Zeit hatte sie gelernt, daß es die beste Methode war, ihren Partner zu überrumpeln, wenn sie von ihm die Wahrheit erfahren wollte.

„Wen haben Sie heute abend in der Menge verfolgt, Mulder?“

„Ich dachte ... ich hätte jemanden gesehen“, wich Mulder aus.

Scully durchschaute ihn mühelos. „Der Junge hat Ihnen ganz schön zugesetzt, nicht wahr?“

„Wie meinen Sie das?“

„Sie wissen genau, wie ich das meine, Mulder. Gestern in dieser Bar hat Samuel Ihre Schwester erwähnt. Das helle Licht, die ... Entführung durch Außerirdische. Sie glauben, daß das Mädchen, das Sie gesehen haben, Ihre Schwester ist.“

„Ich habe sie jetzt schon zum zweiten Mal gesehen.“ Mulder biß sich auf die Lippen und mied Scullys Blick.

„Vielleicht wollten Sie sie auch einfach nur sehen.“

Getroffen wich Mulder einen Schritt zurück. „Ich habe keine Halluzinationen, Scully.“

„Unterschätzen Sie nicht die Macht der Suggestion, Mulder. Die größte Magie eines Heilers liegt in der Bereitschaft seiner Patienten, an ihn zu glauben. An ein Wunder zu glauben, ist schon der halbe Weg, es geschehen zu lassen. Das haben wir im Medizinstudium gelernt.“

„Einbildung?“ fuhr Mulder auf. „Denken Sie, Leonard Vance hat sich das alles nur *eingebildet*? Glauben Sie, all die anderen Geheilten würden sich das nur *einbilden*?“

„Pssst!“ ermahnte ihn Scully. „Er kommt.“

Als Hohman sich ihnen näherte, sah er so streng und steif aus wie ein Inquisitor aus dem Mittelalter. Scully befürchtete das Schlimmste, und wenn er sie erst einmal abgewiesen hatte, war ihre Sache verloren. Wie sollte sie ohne eine Autopsie jemals Margarets Todesursache bestimmen können?

Doch Hohman überraschte sie. „Meine Frau und ich, wir geben Ihnen die Erlaubnis, Ihre Untersuchung durchzuführen“, sagte er stockend. „Sie dürfen die Autopsie vornehmen . . . Aber nur, wenn Sie sie selber machen.“

10

Bereits zehn Minuten später war Scully in die obligatorische grüne Krankenhauskleidung geschlüpft. Nach ein wenig Überzeugungsarbeit und ein paar Hinweisen auf ihren Status als Bundesbeamtin hatte sie die Erlaubnis erhalten, die Autopsie selbst vornehmen zu dürfen. Es war ihr nicht allzu schwergefallen: Der eigentlich für das Kenwood County zuständige Gerichtsmediziner war froh, daß der Druck nun nicht mehr auf ihm lastete.

Die Leichenhalle befand sich im Kellergeschoß des Krankenhauses. Die Toten ruhten alle in rostfreien Schubfächern, die die gesamte rechte Wand des Raums einnahmen. Alle, bis auf die Leiche von Margaret Hohman. Sie lag auf einem glänzenden Stahltisch unter einem makellos sauberen Laken.

Mulder fröstelte in der kühlen Luft und beobachtete, wie Scully ein langes Skalpell an einem Karborundumstab schärfte.

In der grünen Krankenhauskleidung wirkte sie wie ein anderer Mensch. Obwohl Mulder wußte, daß sie Ärztin war, sah er sie nur selten bei dieser Tätigkeit, und diese Untersuchung einer Toten war mehr als nur ein bißchen unheimlich – besonders kurz vor Mitternacht in einer Leichenhalle.

„Sind Sie bereit?" riß ihn Scullys Stimme aus seinen Gedanken.

Mulder nickte hastig und versuchte, sich sein Unbehagen nicht anmerken zu lassen. Auch wenn er sich vor den nächsten Minuten fürchtete, wußte er doch, daß sie unumgänglich waren. Sie mußten herausfinden, wie Margaret Hohman gestorben war.

Scully schaltete den Kassettenrecorder an und legte ihn neben die Leiche. „Siebter März 23:21 Uhr", begann sie und zog das Laken zurück.

Margaret Hohmans Augen waren weit geöffnet. Mit einer routinierten Bewegung schloß Scully die Lider der Toten.

„Der Name der Person ist Margaret Hohman. Weiblich. Weiß. Körpergewicht: hundertundsieben Pfund. Wir beginnen die Autopsie mit einem Schnitt..."

Allen guten Vorsätzen zum Trotz senkte Mulder den Blick zu Boden. Als FBI-Agent hatte er den Tod in allen erdenklichen Formen gesehen – doch das hier, die methodische Sektion des Körpers einer jungen Frau, gehörte zu den eher schlimmeren Konfrontationen.

Er hörte das leise Schaben der Klinge, die durch kaltes Fleisch schnitt, und wandte sich vollends ab.

Eine knappe Stunde später lehnte Mulder an der Wand mit den rostfreien Stahlschubfächern.

Es war vorbei. Scully wusch irgend etwas in der Spüle. Einen rosafarbenen Klumpen.

„Mulder, sehen Sie sich das an.“

„Muß ich?“

Sie hielt eine helle Gewebekugel hoch, und im ersten Moment dachte Mulder, es wäre ein Stück Gehirn.

„Schädigungen der Lunge“, erläuterte Scully. „Ich entdecke sie überall in den pulmonaren und kardiovaskulären Systemen. Fast immer zusammen mit massiven Verletzungen der Schleimhäute.“

„Und was bedeutet das?“

„Das bedeutet ... es sieht ganz so aus, als wäre Margaret Hohman an zellularer Hypoxie gestorben. Einem Sauerstoffmangel in den Zellen.“

„Verursacht durch was?“

Scully zuckte die Achseln. „Ich schätze, durch orale Einnahme oder Injektion von Kalium- oder Natriumzyanid. Vielleicht auch Arsen.“

Mulders Augen weiteten sich.

„Ich kann die Substanz allerdings erst genauer bestimmen, nachdem ich eine toxikologische Testreihe durchgeführt habe.“

„Und wie schnell können Sie das tun?“

„Das Labor öffnet erst morgen früh wieder“, entgegnete Scully. Als sie den Kopf hob, sah sie, wie Mulder nach seinem Mantel griff. „Warten Sie, Mulder. Wohin, um alles in der Welt, wollen Sie um diese Uhrzeit?“

Doch er war bereits an der Tür. Dort verharrte er und drehte sich noch einmal kurz auf der Schwelle um, bevor er mit langen Schritten davonstürmte. „Versuchen Sie, es irgendwie schneller zu erledigen!“

Wenige Meter vor dem Hauptausgang des Krankenhauses blieb Mulder stehen. Er hatte erwartet, daß die Scheinwerfer und Fernsehkameras mittlerweile längst verschwunden wären, doch obwohl Mitternacht bereits vorüber war, predigte Leonard Vance noch immer seiner kleinen Armee von Gläubigen.

Reverend Hartley hatte sich dazugesellt. Sein limonengrüner Cadillac parkte am Straßenrand.

Mulder trat durch die Tür und bemühte sich, nicht weiter aufzufallen – ohne Erfolg. Als die Fernseh- und Zeitungsreporter ihn entdeckten, schwärmten sie sofort aus und umringten ihn.

„Sir! Sir!“

„Entschuldigen Sie“, murmelte Mulder. Er steckte die Hände in die Manteltaschen und versuchte, sich seitlich an ihnen vorbeizuschieben. Vergebens.

Ein Reporter hielt ihm ein Mikrophon unter die Nase. „Sind Sie vom FBI?“

„Ja.“

„Trifft es zu, daß an Margaret Hohman eine Autopsie vorgenommen wurde?“

„Ja. Sie wurde erst vor ein paar Minuten abgeschlossen.“

„Können Sie uns die definitive Todesursache nennen?“

„Zur Zeit noch nicht.“

„Wird es weitere Ermittlungen geben?“

„Das werden wir dem Büro des Sheriffs von Kenwood County empfehlen. Wenn Sie mich jetzt, bitte, entschuldigen würden . . .“

Schließlich gelang es ihm, sich durch die Reporter hindurchzukämpfen und zu seinem Mietwagen zu gelangen – doch dort wurde er bereits von Reverend Hartley und Leonard Vance erwartet.

„Haben Sie irgendwelche Beweise für Samuels Unschuld gefunden?“ fragte Hartley mit rauher Stimme.

Leonard Vances Augen waren wie immer hinter der dunklen Brille und der Krempe seines schwarzen Huts verborgen.

Mulder schlüpfte in seinen Wagen und ließ den Motor an, bevor er aufblickte und sich eine Antwort abrang. Die Gefühle von Liebe und Sorge, die sich auf dem erschöpften Gesicht des Predigers mischten, schienen echt zu sein.

„Möglicherweise“, erwiderte er. Dann legte er den Gang ein und fuhr davon.

11

Eins haben Gefängnisse mit Krankenhäusern gemeinsam: Niemand ist gern dort. Der Unterschied liegt jedoch darin, daß in Krankenhäusern – selbst tagsüber – gewöhnlich Frieden herrscht, während es in Gefängnissen vor allem nachts laut und unruhig zugeht.

Das Gefängnis von Kenwood County war ein altes Gebäude. Die Zellen hatten gemauerte Wände und Stahlgitter. Immer wenn eine Zellentür geöffnet wurde, hallte der Lärm durch die Gänge fort, und wurde eine Toilettenspülung betätigt, hörten es alle Gefangenen.

Es war fast zwei Uhr morgens, als das Klirren von Schlüsseln durch den Hauptzellenblock schepperte.

Alte und junge Männer, schwarze und weiße, schuldige und unschuldige – sie alle öffneten die Augen, voller Neugier, wer da ihre dunkle kleine Welt betreten würde.

Alle, bis auf einen.

Mit geschlossenen Lidern lag Samuel Hartley lang ausgestreckt auf seiner Pritsche. Was auch immer die Welt für ihn noch bereithalten sollte, er wollte es nicht mehr wissen.

„Samuel.“

Er öffnete die Augen gerade weit genug, um zwei Gestalten hinter den Gitterstäben zu erkennen. Eine war der Aufseher. Die andere, die ihn mit vage bekannter Stimme ansprach, war ein Besucher.

„Samuel, hier ist Agent Mulder. Vom FBI.“

„Yeah?“ Phlegmatisch schloß Samuel die Augen wieder. „Was wollen Sie?“

„Ich möchte mit dir sprechen. Oder möchtest du lieber warten, bis deine Anwältin da ist?“

„Ist mir egal“, nuschelte Samuel. „Nein.“

Der Wärter schloß auf, und Mulder schob sich in die enge Zelle. Hinter ihm fiel die Tür mit einem lauten Dröhnen ins Schloß.

„Ich habe Sheriff Daniels angerufen“, teilte Mulder dem jungen Mann mit. „Er ist bereits auf dem Weg hierher.“

Samuel Hartley setzte sich auf und rieb sich die Augen.

„Wozu, um alles in der Welt?“

„Ich werde ihn bitten, dich freizulassen.“

„Warum tun Sie das?“ stöhnte Samuel. „Mich freilassen? Sie waren doch dabei! Sie haben es doch selbst gesehen!“

„Hast du Margaret Hohman vergiftet?“ Mulders Stimme klang ruhig und leise.

Der Junge starrte ihn verwirrt an. „Was meinen Sie damit? Sie vergiftet?“

„Hast du die Frau mit Kalium- oder Natriumzyanid vergiftet? Denn das war es, woran sie gestorben ist."

Samuel war sprachlos.

„Du bist unschuldig, Samuel ... Es sei denn, du hast mitgeholfen, ihr das Gift zu verabreichen. Und offengesagt, das glaube ich nicht."

Resigniert seufzend ließ sich Samuel auf seine Pritsche zurücksinken. „Was auch immer die Ursache ist, Mr. Mulder, ich bin dafür verantwortlich."

„Laß das!" fauchte Mulder. „Das ist eine juristische Frage. Die Beweise werden morgen bei deiner Vernehmung vorgelegt werden. Durch das Habeascorpus-Gesetz wird man dich sowieso freilassen. Also kannst du dich bis dahin genausogut zu Hause ausschlafen."

„Mich ausschlafen!" Samuel stieß ein bitteres Lachen aus. Mit seinen eingefallenen Augen und den schmalen blutleeren Lippen machte er den Eindruck, schon seit Monaten nicht mehr geschlafen zu haben. Er schloß die Augen und drehte das Gesicht zur Wand. „Lassen Sie mich einfach in Ruhe, ja?"

„Wenn du glaubst, der Tod dieser Leute wäre eine Strafe für deine Sünden, dann ist das deine Sache." Mulders Stimme vibirierte vor unterdrückter Erregung. „Aber ich weiß ..."

„Hören Sie auf damit!" schrie Samuel. „Der Herr hat Zeugnis gegen mich abgelegt, Mr. Mulder. Mit Seinem Zorn hat Er mich gestraft!"

Hilflos schüttelte Mulder den Kopf. „Ich kann nicht mit deiner biblischen Rhetorik mithalten, Samuel. Aber das Gericht wird dich für unschuldig befinden."

Als er keine Antwort erhielt, setzte er sich vorsichtig neben Samuel auf die Pritsche. „Gestern hast du gesagt, du könntest meinen Schmerz sehen. Was siehst du jetzt?"

Der Junge hob den Kopf und starrte Mulder an. Dann wandte er den Blick ab. „Ich sehe überhaupt nichts. Ich bin blind."

„Ich glaube dir nicht."

„Warum sollte ich lügen?"

„Weil ... weil ich sie gesehen habe, Samuel. Sie *war* es, nicht wahr?"

„Ihre Schwester?"

Mulder nickte. „Du hast sie für mich erscheinen lassen, oder?"

Statt einer Antwort schloß Samuel erneut die Augen.

„Sieh mich an!" befahl Mulder wütend.

„Ich bin sehr müde, Mr. Mulder", murmelte Samuel.

Doch Mulder war noch nicht am Ende. „Ist sie am Leben? Ist es das, was ich glauben soll? Oder ... war das nur ein Trick?"

Samuel richtete sich halb auf. Diesmal öffnete er die Augen einen Spalt weit und lächelte – ein kaltes, beängstigendes Lächeln. „Sie meinen ... ein Trick des Teufels, Mr. Mulder?"

Mulder fröstelte. Instinktiv erhob er sich und schob die kalten Hände in die Manteltaschen. Statt Hoffnung in Samuel Hartley zu finden, hatte er etwas gesehen, das noch dunkler als Verzweiflung war.

Für einen Moment lag ihm eine Erwiderung auf den Lippen, doch dann besann sich eines Besseren.

Er räusperte sich und rief mit lauter Stimme nach dem Wärter.

12

Als Mulder aus dem Zellenblock trat, wartete Sheriff Daniels bereits im Büro des Aufsehers. Beim Anblick des FBI-Agenten versteifte er sich. „Wie ich sehe, bin ich ein bißchen zu spät für die Show gekommen“, sagte er mit einem hämischen Grinsen. „Was suchen Sie hier um zwei Uhr in der Frühe?“

„Ich bin gekommen, um Sie zu bitten, den Jungen freizulassen“, erwiderte Mulder ausdruckslos.

In gespielter Überraschung hob der Sheriff eine Augenbraue. „Mit welcher Begründung?“

„Seiner Unschuld.“

Daniels ließ den Blick über den Boden wandern, als wolle er ausspucken. Dann schien er sich daran zu erinnern, daß er sich in seinem eigenen Gefängnis befand und fixierte den FBI-Agenten mit einem Gesichtsausdruck, der an Ekel grenzte.

„Sie überschreiten Ihre Kompetenz ein wenig, nicht wahr, Agent Mulder? Das hier mag für Sie zwar nur ein hinterwäldlerisches Kaff sein, aber wir versuchen trotzdem, uns an die Vorschriften zu halten.“

Mulder seufzte. „Ich werde mich nicht mit Ihnen streiten, Sheriff. Samuel Hartley scheint sowieso fest entschlossen zu sein, in seiner Zelle zu bleiben."

Daniels nickte. „Und was schließen Sie daraus?"

„Daß Sie weiterhin vorhaben, ihn anzuklagen ... während der wahre Mörder dort draußen frei herumläuft." Ohne eine Antwort abzuwarten, machte Mulder kehrt und verließ das Gefängnis.

Der Sheriff verfolgte, wie Mulder in seinen Wagen stieg und davonfuhr. Dann drehte er sich zu dem Schließer um und deutete wortlos in Richtung des Zellenblocks, in dem Samuel festgehalten wurde. Er bleckte die Zähne und fuhr sich mit dem Finger über die Kehle – doch diesmal war kein Motor in der Nähe, den er zum Verstummen bringen wollte.

Der Schließer nickte ergeben.

Die Geste war ein eindeutiger Befehl gewesen.

Kurz darauf tauchte er vor Samuels Zelle auf. Er war nicht allein: Zwei Männer begleiteten ihn, große Männer, die vorerst hinter ihm im Schatten blieben.

„Ich hab' dir ein bißchen Gesellschaft besorgt, Sam."

Der Schlüsselbund klirrte laut, als der Schließer die Tür aufsperrte, und die beiden Männer die Zelle betraten. Während sich der eine einen Schlagring über die Finger schob, schlang sich der andere eine Fahrradkette um die Hand.

Hinter ihnen fiel die Tür mit einem dröhnenden Scheppern ins Schloß.

Samuel Hartley stand auf und sah seinen Besuchern ruhig und beinah lächelnd entgegen. Es schien fast, als hätte er sie erwartet.

Der Schließer hatte bereits die Hälfte des Korridors zurückgelegt, bevor er die ersten Schläge hörte.

Es waren häßliche, brutale Geräusche, doch sie wurden weder von Hilferufen noch von Schmerzensschreien begleitet. Die anderen Gefangenen lagen reglos auf ihren Pritschen und lauschten dem grausamen Rhythmus. Nur einer von ihnen sprang auf und stellte sich direkt hinter die Gitterstäbe seiner Zelle, als der Schließer vorüberging.

„Was starrst du mich so an, Willis? Hä?“ fragte der Wärter herausfordernd und hob drohend den Schlüsselbund.

Der Sträfling wich zurück und legte sich auf sein schmales Lager. Mit einem gequälten Gesichtsausdruck schloß er die Augen und schob die Hände über seine Ohren, um nichts mehr hören zu müssen.

Dumpfe Schläge. Trockene Schläge.

Während der Schließer den Zellenblock verließ und sein Büro betrat, hielten die Geräusche an. Er schloß die Tür hinter sich, doch immer noch konnte er es hören: das Geräusch von kaltem Metall auf lebendigem Fleisch.

Klatschende Schläge. Knirschende Schläge.

Enerviert schaltete der Aufseher sein Radio an und suchte einen Sender mit Countrymusik. Dann drehte er die Lautstärke hoch, bis das Geräusch der Schläge übertönt wurde.

Na also. Er setzte sich, legte die Füße auf den Schreibtisch und zündete sich eine Zigarette an.

So war es schon besser.

13

Sheriff Daniels' Streifenwagen parkte in der Auffahrt eines kleinen unansehnlichen Hauses.

Im Wohnzimmer saß seine Frau Lillian im milden Schein des frühen Morgens und las in der Bibel. Völlig versunken bildete sie die tröstenden Worte mit ihren Lippen nach, als die Türglocke sie in ihrer Andacht störte.

Lillian Daniels schlug die Heilige Schrift zu und schob sich qualvoll langsam auf die Eingangstür zu. Mit ihrem Rollstuhl kam sie nur mühsam vorwärts.

Ihr Mann trat aus der Küche heraus, wischte sich die Hände an einem Geschirrtuch ab und überholte seine Frau voller Ungeduld.

„Ich komme schon, ich komme ja schon", brummte er und öffnete die Tür.

Es war Dennis Tyson, sein Deputy.

Nervös von einem Bein auf das andere tretend nahm Tyson den Hut ab und nickte dem Ehepaar zu. „Ma'am. Sheriff."

„Wie geht es Ihnen, Dennis?" erkundigte sich Lillian liebenswürdig.

„Ganz gut, Ma'am. Außer daß . . ."

Er wich ihrem Blick aus, und seine Augen blieben an Sheriff Daniels hängen.

„Also, was ist los?“ fragte Daniels barsch. „Außer was? Reden Sie schon, Mann!“

„Wir hatten einen ... einen Unfall im Gefängnis.“

Die Stimme des Sheriffs troff vor Ironie, als er den Tonfall seines Deputies nachäffte. „Und was für ein Unfall ist das gewesen, Tyson?“

„Der Junge des Predigers“, erwiderte der Deputy beinah tonlos. „Er ist tot.“

Mrs. Daniels öffnete den Mund zu einem stummen Schrei des Entsetzens. Als sie die Hände vors Gesicht schlug, rutschte die Bibel von ihrem Schoß und landete mit einem dumpfen Knall auf dem Boden.

Ohne ein weiteres Wort nahm Sheriff Daniels seinen Hut vom Haken an der Wand und folgte seinem Stellvertreter. Die Tür fiel krachend hinter ihm ins Schloß.

Lillian Daniels blieb allein zurück und weinte, tiefe Schluchzer voller Einsamkeit und nicht mehr zu lindender Pein stiegen aus ihrer Kehle. Trotz all der Jahre hatte sie immer noch gehofft, daß ihr Mann eines Tages nachgeben und sie zu den Versammlungen in das Zelt des Predigers gehen lassen würde, um geheilt zu werden.

Doch jetzt war diese Hoffnung dahin. Für alle Zeit dahin.

Die Menschen, die sich an diesem Morgen vor dem Gefängnis versammelt hatten, wichen ein paar Schritte zurück, als die Männer des Gerichtsmediziners die Leiche auf einer Bahre herausschoben. Der tote Körper war in einen schwarzen Plastiksack gehüllt.

Im Hintergrund stand Leonard Vance neben Reverend Hartley. Er nahm seinen schwarzen Hut ab, als die Bahre an ihm vorbeigerollt wurde.

Während Mulder ihn beobachtete, fragte er sich, was in dem schwarzgekleideten Mann vorgehen mochte. Vance hatte selbst einmal in einem solchen Leichensack gesteckt. Und der Junge, der jetzt unter dem Plastik lag, hatte einfach den Reißverschluß aufgezogen und Leonard Vance von den Toten zurückgeholt.

So erzählte es zumindest die Legende.

Mulder folgte der Bahre durch die Menge. Mit undurchdringlichem Gesichtsausdruck beobachtete er, wie sie in den Wagen des Gerichtsmediziners gehoben wurde, und drehte sich dann zu seiner Partnerin um.

Scully sprach mit Sheriff Daniels.

„Samuel war allein in seiner Zelle, als Mulder ihn gestern nacht verlassen hat“, sagte sie. „Wie konnte das passieren?“

Der Sheriff zuckte die Achseln und suchte nach einer geeigneten Stelle, auf die er spucken konnte. Er fand keine. „Der Junge hat eben einen Streit vom Zaun gebrochen“, nuschelte er. „Hat sich mit ein paar Burschen vom Land angelegt, die wir wegen Trunkenheit am Steuer eingelocht hatten.“

„Burschen vom Land?“ Mulder traute seinen Ohren nicht. „Sheriff, wir reden hier von Mord.“

„Samuel hat sich ein paar böse Schläge auf den Kopf eingefangen“, erwiderte Daniels, als erkläre das alles. „Er war schon tot, bevor der Krankenwagen im Gefängnis eingetroffen ist.“

In diesem Moment zupfte Scully Mulder am Ärmel und hatte gerade noch Zeit für eine alarmierende Geste. Mit ausgreifenden Schritten näherte sich ihnen Reverend Hartley, das Gesicht tränenüberströmt, den Mund in kalter Wut verzerrt.

Anklagend schoß sein Zeigefinger vor. „Samuels Blut wurde vergossen, und ich sehe es an Ihren Händen, Daniels!“

Leonard Vance hielt sich dicht hinter Hartley. Beschwichtigend legte er dem Prediger die Hand auf die Schulter. „Reverend ...“ begann er leise.

Doch Hartley ignorierte ihn. Er starrte dem Sheriff voll Abscheu ins Gesicht. „Wie lange können Sie sich noch hinter diesem Abzeichen verbergen, bevor die Wahrheit ans Licht kommt?“

Sheriff Daniels spuckte mit gekonntem Schwung ins Gras. „Ich bin beschäftigt“, knurrte er.

Er wandte Reverend Hartley seinen breiten Rücken zu und ließ ihn einfach zwischen Mulder und Scully stehen. Der Prediger zitterte vor Kummer und Zorn.

Scully berührte ihn sacht am Arm. „Reverend

Hartley“, sagte sie eindringlich. „Wir bedauern Ihren Verlust.“

Hartleys Gesicht erschlaffte. Seine Wut war verschwunden und hatte eine große Leere zurückgelassen: Plötzlich sah er alt und kraftlos aus.

„Der Junge war gesegnet“, krächzte er leise. „Er hat niemandem etwas zuleide getan.“

Erneut legte ihm Leonard Vance die Hand auf die Schulter. „Kommen Sie, Reverend“, drängte er sanft. „Unsere Freunde werden schon sehr bald erfahren, was Samuel zugestoßen ist. Und es ist wahrscheinlich am besten, wenn sie es von Ihnen hören.“

Erst schüttelte Hartley den Kopf, doch dann nickte er matt und folgte Vance zu seinem Cadillac. Er hatte keine andere Wahl, wollte er wenigstens Samuels Vermächtnis retten.

Unterdessen musterte Scully ihren Partner, der tief in Gedanken versunken war. „Sie haben wieder diesen Gesichtsausdruck“, stellte sie nach einer Weile fest.

„Was für einen Gesichtsausdruck?“

„Als hätten Sie Ihren Schlüssel verloren und würden jetzt überlegen, wie Sie ins Haus kommen sollen.“

Mulder sah sich um. Die Menge hatte sich zerstreut, und selbst der Sheriff und sein Deputy waren verschwunden. Er warf einen Blick auf die abweisenden Gefängnismauern und dann auf seine Partnerin.

„Kommen Sie, Scully."
„Wohin?"
„Wir gehen auf die Jagd. Auf die Jagd nach Ungeziefer."

Sie betraten den Gerichtssaal, in dem Samuels Vorverhandlung stattgefunden hatte.
In dem großen Raum war es völlig still, doch Scully konnte in ihrer Erinnerung noch immer das Sirren der Heuschrecken hören, die erst vor einem Tag hier herumgeschwirrt waren. Sie konnte sie vor ihrem inneren Auge sehen. Es war unheimlich.
„Und was genau versuchen wir hier zu finden?" fragte sie, während sie Mulder zur Richterbank folgte.
„Hinweise", erwiderte er geheimnisvoll.
„Aha."
Es war dunkel. Das trübe Licht, das durch die hohen verstaubten Fenster fiel, konnte die Schatten kaum vertreiben.
Plötzlich ein leises Knirschen.
Mulder blickte an seinem Bein hinab und bemerkte, daß der Boden noch immer mit toten Insekten übersät war. Er bückte sich und hob eines der Tiere auf.
Dann legte er den Kopf in den Nacken und sah zu dem Belüftungsgitter direkt über der Richterbank empor.
Das Gitter war offen.

Scully folgte seinem Blick von den toten Insekten zur Decke des Saales. „Was hat das zu bedeuten?“ fragte sie ratlos.

„Lassen Sie es uns herausfinden“, schlug Mulder vor und wandte sich zum Gehen.

Kurz darauf befanden sie sich dank eines hilfsbereiten Hausmeisters auf dem Dach des Gebäudes. Im Osten hatte sich der Himmel bedrohlich verfinstert.

Scully deutete auf die dunklen Wolken am Horizont. „Da zieht ein Gewitter auf...“

Ein Blitz zuckte wie eine Warnung durch den Himmel, doch Mulder bemerkte es noch nicht einmal. Er hatte sich über die Belüftungsanlage gebeugt.

Das Ansauggitter war gelockert und mit kleinen Bröckchen übersät, die wie Holzsplitter aussahen.

Mulder hob einen der Krumen auf. „Scully!“

Seine Partnerin riß sich vom schaurig-schönen Panorama des herannahenden Sturms los und ging zu Mulder hinüber.

Er drückte den kleinen grauen Brocken zwischen den Fingern zusammen, und eine wäßrige Flüssigkeit quoll hervor.

„Ein Stückchen Kartoffel.“

Mulder ließ das zerquetsche Kartoffelstück fallen und wischte sich die Finger an der Hose ab. Dann zeigte er auf die anderen Bröckchen. „Irgend jemand hat damit eine Spur in das Belüftungssystem gelegt", folgerte er. „Und die führt von hier direkt in den Gerichtssaal. Dann hat der Unbekannte die Heuschrecken hier reingeschüttet. Und schwupps ... hatte er eine künstlich erzeugte biblische Plage."

Auch Scully beugte sich vor und spähte neugierig in den Schacht. „Aber die Heuschrecken ... wo sind die hergekommen?"

„Biologische Stationen züchten sie für besondere Zwecke. Für Farmen, Universitäten, Forschung und so weiter. Es sollte nicht allzu schwer sein, herauszufinden, wer welche bestellt hat. Und dann wissen wir, wer für dieses Schauspiel verantwortlich ist."

RUMMMMS!

Ein Blitz spaltete den Himmel – zu nah, um ihn einfach zu ignorieren. Im nächsten Augenblick frischte der Wind zu einer brüllenden Bö auf.

„Sie glauben also, wer immer das inszeniert hat, steckt auch hinter den Morden?" rief Scully mit hochgezogenen Schultern gegen den Sturm an.

Doch Mulder antwortete nicht. Er hörte noch nicht einmal ihre Frage. Er rannte bereits davon, um den ersten herabprasselnden Tropfen zu entgehen.

14

Es werde Licht.

Und es ward Licht.

RUMMMS!

Blitze durchzuckten die Nacht. Ihr blendendes Licht entriß die Säulenfassade von Reverend Hartleys Landsitz der Dunkelheit.

Vor dem Haus brannte nicht eine Lampe. Alle Türen waren verschlossen; die Cadillacs standen mit hochgekurbelten Seitenfenstern in Reih und Glied in der Auffahrt.

Im Inneren des Anwesens herrschte Stille, bis auf das gedämpfte Donnern und das Trommeln des Regens, und das einzige Licht stammte vom Widerschein der Blitze.

RUMMMS!

Reverend Hartley schlief in seinem riesigen, luxuriös eingerichteten Schlafzimmer im zweiten Stock. Er hatte mehrere Schlaftabletten genommen und sogar ein großes Glas Bourbon getrunken – das erste seit Jahren –, um seinen Kummer und seine Wut zu betäuben. Nachdem er endlich eingeschlafen war, konnte ihn nicht einmal der Lärm des Gewittersturms wecken. Das laute Prasseln des Regens übertönte sein Schnarchen.

In einem kleineren Schlafzimmer am Ende des Gangs warf sich Leonard Vance unruhig in seinem Bett hin und her. Seine Bewegungen schienen dem draußen tobenden Sturm zu folgen: Der Wind zerrte Blätter von den Bäumen und wirbelte sie durch die Nacht – Vance strampelte die Bettdecke zur Seite. Er stöhnte und schlug um sich wie ein Mann, der in einem Alptraum gefangen ist.

Ohne seinen schwarzen Hut sah seine billige Perücke beinah lächerlich aus, ohne die dunkle Sonnenbrille wirkte sein Gesicht noch abstoßender. Seine Hände, die nicht mehr von Handschuhen verhüllt wurden, waren deformiert. Die Lippen bestanden aus zwei dünnen Linien vernarbten Gewebes, Augenbrauen und Wimpern waren dem damaligen Inferno zum Opfer gefallen.

RUMMMS!

Plötzlich riß Vance die Augen auf.

Da war jemand. Irgend jemand stand am Fußende seines Bettes und starrte ihn an.

Die Gestalt sah aus wie ... doch das war unmöglich!

„Du bist tot!" keuchte Vance. „Sie haben dich totgeschlagen!"

Samuel Hartleys Gesicht war noch bleicher als die zernarbte Fratze seines Gegenübers. Sein Körper schien substanzlos wie ein Traumgespinst zu sein.

Und doch stand er da, im gleichen blauen Hemd und der weißen Hose, die er schon während der letzten Versammlung im Zelt seines Vaters getragen hatte.

Sein Haar war makellos gekämmt, und in seinen Augen loderte ein dunkles Feuer.

„Tot!“ krächzte Vance erneut.

„Ich *war* tot“, sagte Samuel leise und in einem anklagenden Tonfall. „Aber jetzt bin ich hier.“

„Nein!“

Vance kroch aus seinem Bett und drückte sich schutzsuchend an die Wand.

RUMMMS!

Als der Blitz das Schlafzimmer mit seinem kalten Licht erhellte, war Vance allein. Im nächsten Augenblick war es jedoch wieder dunkel, und der entstellte Mann konnte Samuel erneut deutlich vor sich sehen.

Samuel Hartley trat auf Vance zu, langsam und unerbittlich.

Ein Schritt und noch einer.

„Verschwinde!“ kreischte Vance.

„Warum?“ fragte Samuel mit kalter Stimme. „Warum hast du mich verraten?“

Plötzlich packte Vance den Krückstock, der am Kopfende des Bettes lehnte, und stürzte sich voller Wut auf seinen unheimlichen Besucher. Er hielt den Stock wie ein Schwert und ließ ihn auf Samuel herabsausen – doch die Krücke fuhr widerstandslos durch ihn hindurch. *Nein... das kann nicht wahr sein.*

Vance hieb erneut zu und taumelte unter der Wucht des ins Leere gehenden Schlages.

RUMMMS!

Wieder erhellte ein Blitz den Raum, und wieder war Samuel – die Erscheinung, das Gespenst? – verschwunden.

Leonard Vance wischte sich über die Stirn und seufzte erleichtert.

Ein Traum. Es muß ein Traum gewesen sein.

„Du hast diese Leute umgebracht ...“

Vance erstarrte. Die Stimme war hinter ihm. Er wirbelte herum, und dort, in der Dunkelheit ...

Samuel.

Langsam kam der junge Mann auf ihn zu, Schritt für Schritt über den knarrenden Holzfußboden.

Ein weiteres Mal schlug Vance nach der Erscheinung, doch der Krückstock traf auf keinen Widerstand, während Samuel immer näher rückte.

„Sie sind zu mir gekommen, um gesund zu werden“, flüsterte er anklagend. „Um sich von mir heilen zu lassen. Und du hast sie ermordet.“

Leonard Vance schleuderte die Krücke von sich. Sie flog durch Samuel hindurch, prallte gegen die Wand hinter ihm und fiel klappernd zu Boden.

„Warum?“ fragte Samuel wieder. „Warum hast du mich verraten, nachdem ich dir das Leben zurückgegeben habe?“

„Leben?“ Vance streckte die grotesk deformierten Hände aus und lachte schrill. „Nennst du das . . . Leben?“

Er riß sich die Perücke vom Kopf und entblößte seinen kahlen zernarbten Schädel. „Und das?“

Vor Demütigung und Wut am ganzen Leib bebend, brach er schluchzend zusammen und bedeckte seine Augen mit den verkrüppelten Händen.

Doch Samuel schüttelte nur traurig den Kopf und trat einen weiteren Schritt vor.

RUMMMS!

15

Reverend Hartley träumte.

Glocken läuteten. Kirchenglocken.

Hochzeitsglocken? Begräbnisglocken?

Nein, nichts dergleichen.

Es war die Türglocke.

Er öffnete die Augen. Ein Blick zum Fenster verriet ihm, daß der Sturm immer noch tobte, ein zweiter Blick auf die Uhr, daß es mitten in der Nacht war.

Wo war Vance? Normalerweise öffnete er die Tür, wenn Besucher kamen.

Es klingelte erneut.

„Wer kann das sein, um diese Uhrzeit?" murmelte Reverend Hartley. Er glitt aus dem Bett und warf sich einen Morgenmantel über.

RUMMMS!

Das gleißende Licht eines Blitzes fiel durch die Fenster, als Hartley die Treppe hinunterging, die Haustür öffnete und verdutzt innehielt.

Sheriff Daniels stand auf der Veranda, triefend vor Nässe. Bei ihm waren die beiden FBI-Agenten.

„*Sie?*" fragte Reverend Hartley gedehnt. „Was wollen Sie hier?"

Ohne sich die Mühe einer Antwort zu machen, trat Daniels ein. Wasser tropfte aus seiner Uniform und bildete kleine Pfützen auf den auserlesen teuren Fliesen.

Mulder und Scully folgten ihm.

Der Sheriff griff in seine Jacke, zog ein gefaltetes Blatt Papier hervor und reichte es dem Prediger. „Wir haben einen Haftbefehl für Leonard Vance“, erklärte er knapp. „Wo ist er?“

„Das muß ein Irrtum sein“, erwiderte Hartley irritiert. Mit zitternden Händen begann er, das Papier auseinanderzufalten.

Scully ersparte ihm die Mühe. „Ich fürchte, es ist kein Irrtum, Reverend“, sagte sie mitfühlend. „Wir haben eine Pestizidbestellung von einer Chemiefabrik in Knoxville zu ihm zurückverfolgt. Zyanbromid, ein Zyanidderivat.“

„Wollen Sie behaupten, Leonard hätte diese Leute ... *vergiftet*?“

Scully nickte. Mulder schwieg und beschränkte sich auf die Rolle des Zuschauers.

Sheriff Daniels zeigte weit weniger Geduld. Er löste die Handschellen von seinem Gürtel, setzte einen Fuß auf die erste Treppenstufe und schnauzte: „Wo ist er?“

Mit hängenden Schultern führte Reverend Hartley den Sheriff und die FBI-Agenten die Treppe hinauf zu Leonards Schlafzimmer.

Dort klopfte er. Keine Antwort.

Er rief nach Vance. Keine Antwort.

Schließlich öffnete Hartley den Polizisten die Tür und ließ sie eintreten.

Leonard Vance lag in seinem Bett, die Decke bis zum Kinn hochgezogen.

„Ziehen Sie sich an, Vance!“ blaffte der Sheriff und schwenkte die Handschellen. „Sie werden uns begleiten. Ich verhafte Sie.“

Doch Vance reagierte nicht.

Als Scully an das Bett trat, konnte sie sehen, daß der Mann schwitzte. Er wurde von Krämpfen geschüttelt, und seine Hände, die auf der Bettdekke lagen, zitterten heftig.

Scully legte die Finger auf sein Handgelenk und tastete nach seinem Puls.

Plötzlich öffnete Vance die wimpernlosen Augen. „Ich habe ihn verraten“, flüsterte er heiser.

Auf dem Nachtschränkchen stand ein leeres Glas. Scully hob es hoch, roch daran und verzog das Gesicht. „Zyanid. Unmöglich festzustellen, wieviel er davon geschluckt hat.“

„Ich rufe einen Krankenwagen“, sagte Mulder. Er drehte sich um und wollte schon zur Tür eilen, als Scullys Stimme ihn zurückhielt.

„Dazu ist keine Zeit! Wir müssen ihn selbst ins Krankenhaus bringen.“ Sie wickelte Vance fester in seine Decke.

„Warum? Warum hat er mich nicht sterben lassen?“ wimmerte der bleiche Mann. Sein Kopf ruckte wild auf dem schweißgetränkten Kissen hin und her. „Hütet euch vor den falschen Propheten! Sie kommen im Schafspelz zu euch, doch darunter verbergen sich reißende Wölfe! Ich dachte, das wäre er. Ein falscher Prophet!“

„Wer?“ fragte Mulder und beugte sich über ihn.

„Wer sonst hätte mich von den Toten zurückbringen sollen – mit diesem Aussehen, wenn nicht ein falscher Prophet?“ schrie Vance in einem letzten Aufbäumen von Kraft und Lebenswillen. Er hob die deformierten Hände vor sein entstelltes Gesicht.

„Aber ich war blind in meiner Anmaßung“, schluchzte er. „Und ich habe ihn verraten.“

Da Mulder ihn nicht verstehen konnte, beugte er sich noch tiefer über den wimmernden Mann. „Von wem sprechen Sie?“ drängte er. „Wen haben Sie verraten?“

„Samuel“, röchelte Vance. „Er war hier.“

Sheriff Daniels Körper wurde steif. Er drehte sich um und suchte die dunklen Winkel des Zimmers mit den Augen ab. „Der Mann halluziniert“, knurrte er entschieden, doch es klang eher wie ein Wunsch und nicht wie eine Feststellung.

Leonard Vance hob einen Arm und griff nach Reverend Hartleys Hand. Der Prediger versuchte, sich zu entziehen, doch es war bereits zu spät.

Vances Finger schlossen sich um Hartleys Handgelenk und zogen ihn auf das Bett zu. „Er war hier, Reverend“, flüsterte er. „Hier in diesem Zimmer.“

Daniels scharrte unbehaglich mit den Füßen. Die Handschellen klirrten leise. „Unsinn!“ stieß er hervor.

Vance zerrte Hartley näher zu sich herab. „Samuel war hier... und er hat mir vergeben!“

Bevor Reverend Hartley antworten konnte, bäumte sich Vance auf und zuckte einmal, zweimal...

RUMMMS!

Ein weiterer Blitz zerriß die Nacht.

Leonard Vance verdrehte die Augen.

Scully legte die Finger auf sein Handgelenk und tastete nach seinem Puls, doch es war nur noch eine leere Geste.

Der Mann war tot.

Mit einem Achselzucken befestigte Daniels die Handschellen wieder an seinem Gürtel, während Mulder ans Fenster trat und in den strömenden Regen hinausstarrte.

Auf irgend etwas, das in weiter Ferne zu liegen schien.

16

„Anstatt Samuel Hartley einfach zu töten“, teilte Scully ihrem Diktiergerät mit, „entwickelte Vance einen Plan, um den Glauben der Gemeinde an ihn auszulöschen.“

Der nächste Tag war angebrochen, und soweit es das FBI betraf, waren die Ermittlungen abgeschlossen.

Scully hatte ihre Sachen bereits gepackt und im Wagen verstaut. Während sie auf Mulder wartete, saß sie am Schreibtisch seines Hotelzimmers und diktierte ihren Bericht.

„Wir haben stichhaltige Beweise, daß Leonard Vance sowohl für die Heuschreckeninvasion im Gerichtssaal als auch für die tödlichen Vergiftungen von drei Mitgliedern der Wunderheilungskirche verantwortlich war.“

In der Zwischenzeit hatte Mulder fast alle Sachen in seinen Reisekoffer gestapelt. Der Gegenstand, der noch fehlte und den er wie immer als letztes einpackte, war ein kleines gerahmtes Bild.

„Doch Vances Bessenheit überlebte Samuel“, fuhr Scully fort. „Schließlich plagte ihn sein Gewissen so sehr, daß er unter Halluzinationen zu leiden begann. Er glaubte, Samuels Geist zu sehen, und beging Selbstmord – womit er unsere Ermittlungen beendete."

Mulder nahm das Bild vom Nachtschränkchen und wischte liebevoll die Glasscheibe ab, auf der nicht ein Staubpartikel zu sehen war: Es war die Fotographie eines kleinen Mädchens in einem roten Kleid.

Dasselbe kleine Mädchen, das Mulder während der letzten Tage ein paarmal flüchtig gesehen hatte.

Seine Schwester Samantha.

„Im Licht dieser Informationen erscheint es höchst zweifelhaft", hörte er Scully zu Protokoll geben, „daß jemals irgendwelche Wunder in Kenwood, Tennessee, stattgefunden haben."

Mit einem unmerklichen Kopfschütteln, das voller verhaltener Trauer war, nahm Mulder Abschied von seinen eigenen schwachen Hoffnungen auf ein Wunder, legte das gerahmte Foto in den Koffer und schloß ihn vorsichtig.

Kurz nachdem die Schlösser eingerastet waren, klingelte das Telefon, und da Scully noch immer mit ihrem Bericht beschäftigt war, nahm er das Gespräch an.

„Mulder."

Scully schaltete ihr Diktiergerät ab. Sie würde ihre Notizen später auf dem Flug nach Washington, D.C., in ihr Notebook übertragen.

Als sie sich umwandte, bemerkte sie, daß Mulder den Telefonhörer noch immer in der Hand hielt, obwohl das Gespräch längst beendet war. Er machte einen besorgten Eindruck.

„Wer war das?“ erkundigte sie sich.

„Sheriff Daniels“, erwiderte Mulder langsam. „Anscheinend ist Samuels Leichnam aus der Leichenhalle verschwunden.“

17

Keine halbe Stunde später standen Mulder und Scully in der Leichenhalle im Kellergeschoß des Kenwood County Hospitals.

Die Luft war kalt. An einigen der Schubfächer aus rostfreiem Stahl klebten weiße Plaketten und signalisierten, daß in dieser Lade eine Leiche lag. Oder zumindest liegen sollte.

Scully verfolgte, wie Mulder das Schubfach mit der Nummer H534 aufzog – es glitt fast widerstandslos über seinen Rollen, gerade so, als wäre es eifrig bemüht, mit dem FBI zu kooperieren.

Das Fach war leer.

„Irgendwelche Zeugen?“ fragte Mulder mit verkniffener Miene.

„Eine Zeugin“, erwiderte Deputy Tyson, der neben Sheriff Daniels an der Tür stand. „Die Nachtschwester, die uns den Vorfall gemeldet hat. Beatrice Salinger. Sie wartet oben im Schwesternzimmer. Sie möchte mit uns sprechen.“

„Hat sie gesehen, wie jemand die Leiche entwendet hat?“

Tyson zögerte. „Nicht direkt.“

„Drücken Sie sich verständlicher aus, Deputy!" polterte Daniels los. „Hat sie, oder hat sie nicht?"

„Sie hat ... äh ... nicht direkt gesehen, daß jemand die Leiche fortgeschafft hat."

„Was dann?" knurrte der Sheriff verächtlich. „Was *genau* hat sie gesehen?"

„Sie ... äh ..." Deputy Tyson errötete. „Sie ... also, sie behauptet, sie hätte gesehen, wie Samuel das Krankenhaus auf eigenen Beinen verlassen hat."

Der Sheriff und die beiden FBI-Agenten starrten den Deputy entgeistert an.

„Ich weiß, wie verrückt das klingt", beeilte sich Tyson zu versichern. „Aber das ist es, was sie mir erzählt hat. Ich schwöre!"

„Lassen Sie uns selbst mit der Schwester sprechen", schlug Scully mit einem Achselzucken vor und ging zur Tür.

Mulder folgte ihr, blieb dann aber einen Moment lang stehen, als er sah, daß Sheriff Daniels zögerte. Der große Mann wirkte verunsichert.

„Kommen Sie, Sheriff?"

Daniels schluckte schwer und nickte.

Nach der Kälte und Sterilität in der Leichenhalle erschien das Schwesternzimmer mit seiner Wärme als ein Ort von einladender Gemütlichkeit.

Beatrice Salinger war eine etwas füllige Frau

mittleren Alters mit einem freundlichen Gesicht voller Sommersprossen. Ihre müden Augen und die abgearbeiteten Hände zeugten von jahrelanger harter Arbeit für Kranke und Sterbende.

Nicht die Art von Frau, die dazu neigt, Gespenstergeschichten zu erzählen, dachte Scully unwillkürlich.

„Ich habe gerade meinen Kaffee getrunken“, berichtete Schwester Salinger, „und den Nachtdienstplan für meine Schicht im Südflügel durchgelesen, als er direkt an mir vorbeigegangen ist. Samuel.“

„Und Sie sind sich ganz sicher, daß er es war?“ fragte Mulder nach.

Die Schwester nickte. „Zuerst dachte ich, meine Augen würden mir einen Streich spielen... das kann schon mal passieren während so einer Nachtschicht. Also habe ich genauer hingesehen.“

„Und?“ ermunterte Scully die Frau weiterzusprechen.

„Er war es. Ganz sicher. Ich bin aufgestanden, um ihm zu folgen, aber ich konnte es nicht.“

„Warum nicht?“ wollte Mulder wissen.

„Ich habe ihn aus den Augen verloren. Er ist um eine Ecke gebogen und war auf einmal weg, als hätte er sich in Luft aufgelöst. Also bin ich in die Leichenhalle gegangen, um dort nachzusehen.“

Mulder und Scully, aber auch Daniels und Tyson schwiegen. Sie sahen die Schwester gebannt an.

„Und Sie wissen ja selbst, was ich dort entdeckt habe. Seine Leiche war fort."

Ein unterdrücktes Knurren des Sheriffs war die Antwort. Mit einer wegwerfenden Handbewegung schüttelte Daniels den Kopf und wandte sich zum Gehen.

„Das ist verrückt!" stieß er hervor. „Ich weigere mich, diesen Unsinn noch länger anzuhören!" Er riß die Tür des Schwesternzimmers auf.

Bevor er jedoch den Raum verlassen konnte, fuhr Schwester Salinger in ihrem Stuhl herum und blickte ihn fest an. „Ich bin nicht die einzige, die ihn gesehen hat, Sheriff Daniels. Deshalb weiß ich, daß ich nicht verrückt bin. Es sei denn, es gibt außer mir noch jede Menge andere Verrückte in dieser Stadt."

Sheriff Daniels ließ die Schultern sinken und schloß leise die Tür hinter sich.

Schwester Salinger wandte sich wieder dem Deputy und den beiden FBI-Agenten zu. „Ich bin nicht verrückt", versicherte sie ruhig. Ihr Blick wanderte von Mulder zu Scully und kehrte zu Mulder zurück. Sie brachte ein zaghaftes Lächeln zustande. „Es war Samuel."

18

Es war später Nachmittag, als Sheriff Daniels endlich nach Hause kam. Vielleicht, wie er später bei seinem Prozeß aussagte, war er einfach nur ziellos durch die Gegend gefahren. Vielleicht hatte er auch nachgedacht. Vielleicht hatte er sogar gebetet, obwohl er weder religiös war, noch jemals zuvor gebetet hatte, wie er während der Verhandlung zu Protokoll gab.

Er parkte seinen Wagen in der Auffahrt und ging den Weg zu dem kleinen Haus hinauf, in dem er seit zwanzig Jahren mit seiner Frau lebte.

Sie wartete bereits auf ihn und hatte ihren Rollstuhl in der Mitte des Wohnzimmers plaziert. In ihren Augen funkelte eine gefährliche Mischung aus Schmerz und Wut.

Auf ihrem Schoß lag eine Zeitung.

„Es ist nicht wahr, oder?" fragte sie mit klagender Stimme. Ihre verkrümmten Finger krallten sich in die Zeitung.

Doch Daniels antwortete nicht. Er schnallte den Pistolengurt ab und hängte ihn mit seinem Hut an den Haken neben der Tür.

„Das ist nur eine große Lüge, um mehr Zeitungen zu verkaufen, nicht wahr, Maurice?"

Wieder gab Sheriff Daniels keine Antwort.

Die Stimme seiner Frau nahm den Tonfall bitterer Ironie an, als sie rief: „Der Junge war doch nur ein Schwindler, wie du mir immer gesagt hast, oder? Deshalb wolltest du mich nie zu ihm gehen lassen, um geheilt zu werden! So ist es doch, Maurice, nicht wahr?"

Schluchzend knüllte sie die Zeitung zusammen und warf sie in Richtung ihres Mannes. Das Papierknäuel traf ihn an der Brust und fiel zu Boden.

Schweigend ließ sich Daniels in einen Sessel sinken und starrte zum Fenster hinaus.

Langsam begann es zu dämmern.

Die zusammengeknüllte Zeitung auf dem Boden faltete sich in Zeitlupe wieder auseinander und raschelte leise, als wäre sie ein kleines lebendiges Wesen – doch weder Sheriff Daniels noch seine Frau wollten die Schlagzeile lesen, die lautete:

ERMORDETER WUNDERHEILER VON DEN TOTEN AUFERSTANDEN!
DUTZENDE BEZEUGEN „WUNDER"

Als er hörte, daß ein Auto die Auffahrt hinaufkam, war es fast wie ein Erlösung für Daniels, und nachdem die Türglocke geläutet hatte, erhob er sich langsam und schwerfällig wie ein alter Mann. „Ich gehe schon", seufzte er.

Er öffnete die Tür und war kaum überrascht, seinen Deputy vorzufinden.

„Sir“, begann Tyson, „ich weiß nicht so recht, wie ich es sagen soll, aber...“

„Raus damit, Deputy.“

„Ich muß Sie bitten, mit mir zu kommen.“

Daniels nickte. Er griff nach seinem Hut und dem Pistolengürtel neben der Tür.

„Der Bezirksstaatsanwalt möchte Ihnen ein paar Fragen im Zusammenhang mit Samuel Hartleys Tod stellen“, fuhr Tyson fort. „Anscheinend haben diese Landburschen den Schließer belastet, und der... äh... nun ja, hat wiederum Sie irgendwie belastet.“

Unaufgefordert händigte Sheriff Daniels dem Deputy seinen Pistolengürtel aus und setzte dann seinen Hut auf. „Also, gehen wir“, murmelte er, ohne noch ein Wort an seine Frau zu verlieren oder sie auch nur anzusehen.

Die Tür fiel hinter ihm ins Schloß.

Und Lillian Daniels’ kleine Welt war wieder ein Stück kleiner geworden.

19

Das Zelt der Wunderheilungskirche von Reverend Hartley wurde demontiert.

Ein grauer Mietwagen fuhr vor und hielt auf dem Parkplatz, wo Arbeiter die Zeltstangen sortierten und die Planen zusammenfalteten. Gerade nahm ein Mann auf einer langen Klappleiter das große Schild über dem Eingang ab.

REVEREND CALVIN HARTLEY
PRÄSENTIERT SEINEN
WUNDERHEILUNGSGOTTESDIENST
MIT DEM HEILER SAMUEL HARTLEY
KOMMT, WIE IHR SEID...
GEHT, WIE IHR IMMER SEIN WOLLTET!

Mulder und Scully verließen ihren Wagen und sahen zu, wie zwei Arbeiter die Plastikbuchstaben von dem Schild entfernten und sie in eine Kiste warfen, wo die Lettern zu einem wirren Haufen ohne jede Bedeutung zusammengewürfelt wurden.

Vielleicht, dachte Mulder, *haben sie ja nie etwas bedeutet. Aber vielleicht*...

„Die Sonntage hier werden bestimmt nie mehr

wie früher sein“, riß ihn Scullys Stimme aus seinen Gedanken.

„Da würde ich mir nicht so sicher sein.“ Mulder hob die Schultern. „Vielleicht zieht der Reverend zu besseren Weideplätzen weiter. Ich habe das starke Gefühl, daß er das Predigen nicht aufgeben kann.“

„Selbst jetzt nicht, nachdem sein Sohn tot ist?“

„Es könnte seinen Glauben sogar noch stärken. Vergessen Sie nicht, der Junge ist schließlich von den Toten auferstanden.“

„Sicher.“ Scully lächelte schief. „Und ich habe eine biblische Heuschreckenplage miterlebt. Ich hoffe nur, der Reverend hat den Leichendiebstahl nicht als das größte aller Wunder selbst inszeniert.“

„Irgendwie glaube ich das nicht“, sagte Mulder leise.

In seiner Stimme schwang etwas mit, das Scully schon führer bei ihm gehört hatte. Ein Anflug von Sehnsucht.

Sie warf ihm einen Seitenblick zu. „Also schön, Mulder. Und was genau glauben Sie?“

„Ich glaube, daß sich die Leute nach Wundern sehnen, Scully. Vielleicht so sehr, daß sie sich selbst dazu bringen, das zu sehen, was sie sehen wollen.“

Er starrte blicklos in die Ferne.

„Wir müssen unseren Flug erwischen“, bemerkte Scully nach einem längeren Schweigen. „Können wir, Mulder?“

„Yeah.“

Mit gesenktem Kopf folgte Mulder seiner Partnerin zurück zum Mietwagen. Er wollte gerade einsteigen – als er im Glas des Seitenfensters einen bunten Schemen entdeckte. Ein Spiegelbild.

Ein kleines Mädchen.

In einem roten Kleid.

Er wirbelte herum, doch das Mädchen war verschwunden ... vielleicht aber war es auch nie da gewesen.

Alles, was Mulder sah, war ein zusammengefaltetes Zelt auf einem Stück Brachland, ein leeres Schild und eine altersschwache Klappleiter.

Mulder stieg zu Scully in den Wagen und fuhr davon, ohne nach rechts oder links zu gucken. Er schaute nach vorn, mit verbissener Miene, den Blick starr auf die Straße vor ihm geheftet.

Er sah kein einziges Mal zurück.

Akte X-Novels

Band 1
Garth Nix
Heilige Asche

Band 2
Ellen Steiber
Eve

Band 3
Easton Royce
Energie

Band 4
Eric Elfman
Unsere kleine Stadt

Band 5
Ellen Steiber
Parallele

Band 6
Les Martin
Frische Knochen

Band 7
Everett Owens
Mein Wille sei Dein Wille

Band 8
Les Martin
Der Parasit

vgs verlagsgesellschaft Köln

Akte X-Novels

Band 9
Ellen Steiber
Höllengeld

Band 10
Easton Royce
Das Experiment

Band 11
Everett Owens
Unruhe

Band 12
Ellen Steiber
Groteske

Band 13
Les Martin
Verseucht

Band 14
Everett Owens
Leonard Betts

Band 15
Ellen Steiber
Schatten

Band 16
Terry Bisson
Der Wunderheiler

vgs verlagsgesellschaft Köln

Die großen Akte X-Romane

Charles Grant
Lebende Schatten
Roman

Charles Grant
Wirbelsturm
Roman

Kevin J. Anderson
Höllenfeuer
Roman

Kevin J. Anderson
Ruinen
Roman

Kevin J. Anderson
Antikörper
Roman

Quentin Thomas
Seilbahn zu den Sternen
Roman

Ben Mezrich
Skin
Roman

vgs verlagsgesellschaft Köln